毕生追求
爱与自由

少女绿妖 著

北京时代华文书局

图书在版编目（CIP）数据

毕生追求，爱与自由 / 少女绿妖著． -- 北京：北京时代华文书局，2021.5
ISBN 978-7-5699-4119-7

Ⅰ．①毕⋯ Ⅱ．①少⋯ Ⅲ．①随笔－作品集－中国－当代 Ⅳ．① I267.1

中国版本图书馆CIP数据核字（2021）第 059415 号

毕生追求，爱与自由
BISHENG ZHUIQIU AI YU ZIYOU

著　　者｜少女绿妖

出 版 人｜陈　涛
责任编辑｜田晓辰
执行编辑｜来怡诺
责任校对｜陈冬梅
装帧设计｜程　慧　段文辉
封面插画｜刘　颜
责任印制｜訾　敬

出版发行｜北京时代华文书局 http://www.bjsdsj.com.cn
　　　　　北京市东城区安定门外大街138号皇城国际大厦A座8楼
　　　　　邮编：100011　电话：010-64267120　64267397

印　　刷｜三河市嘉科万达彩色印刷有限公司　　电话：010-3156777
　　　　　（如发现印装质量问题，请与印刷厂联系调换）

开　　本｜880mm×1230mm　1/32　印　张｜8　字　数｜202千字
版　　次｜2021年7月第1版　　　　　印　次｜2021年7月第1次印刷
书　　号｜ISBN 978-7-5699-4119-7
定　　价｜49.80元

版权所有，侵权必究

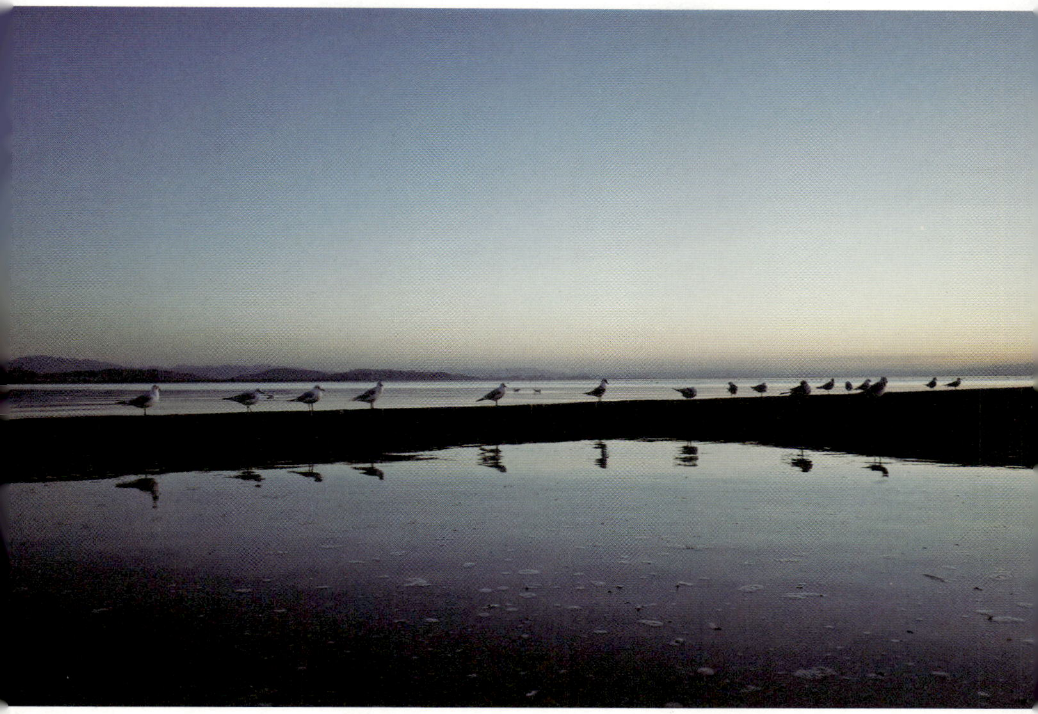

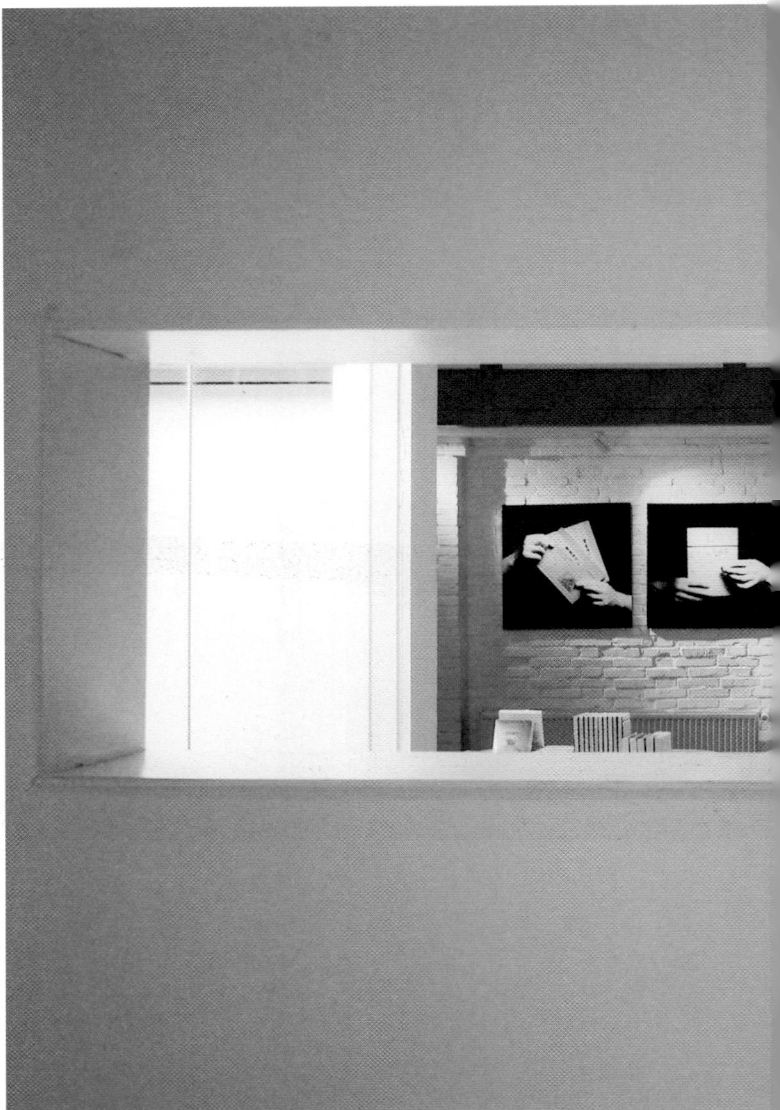

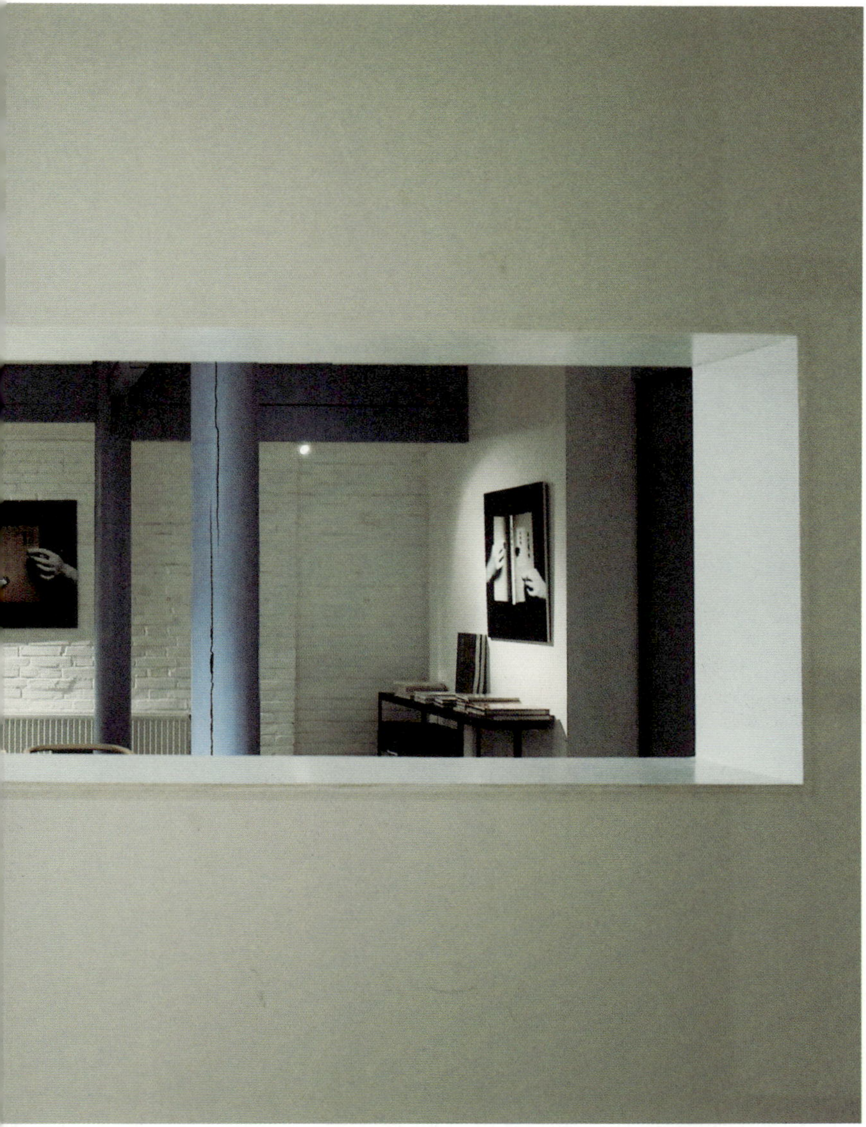

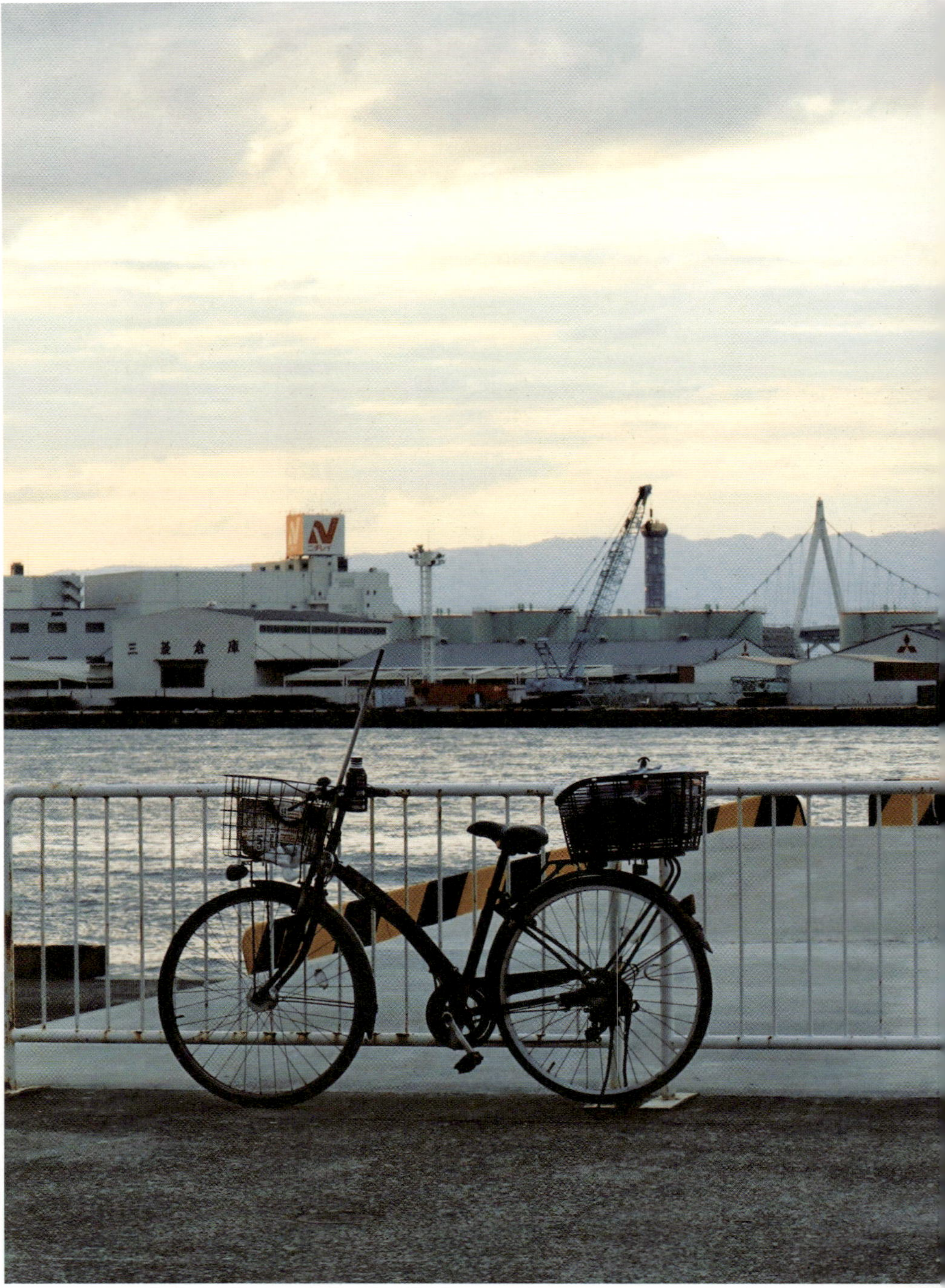
三菱倉庫

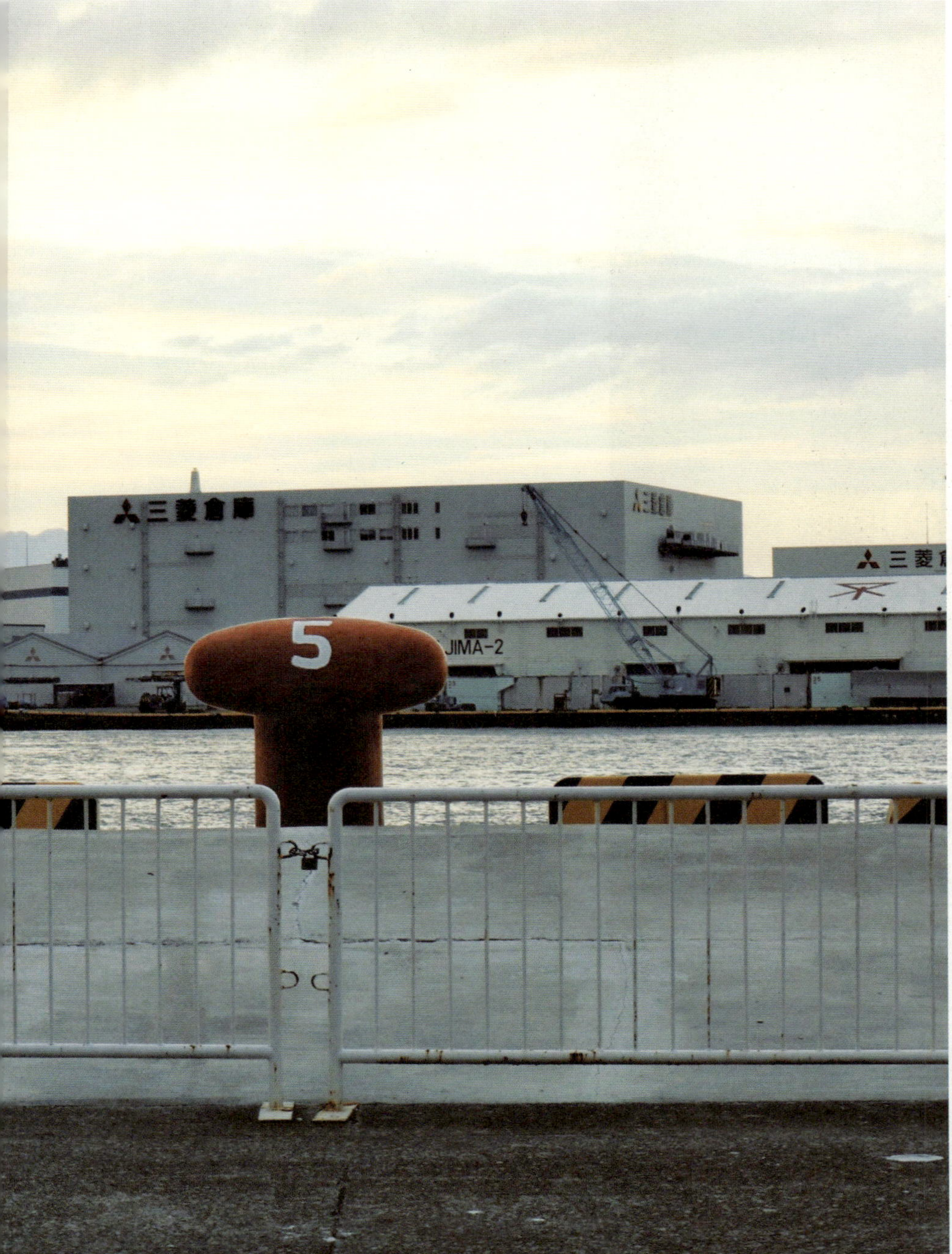
三菱倉庫
5
JIMA-2
三菱

认清现实，
放弃部分
抵抗

∧
Chapter
1
∨

002　平淡比轰轰烈烈难多了
008　于是我决定去未来
011　你想成为什么样的人
015　我们曾接近理想生活，但都不以为意
019　希望你不要害怕"丧失过什么"
022　快停止你的得过且过
026　杀死一个理想主义者
029　我们并不是真的自由
033　没有人是不自卑的
037　咱们女孩有力量
041　不就是纵身一跃入山海吗？
045　北京，我们暂时分手
052　我对生活有些不太成熟的想法
057　放弃比较，快乐无边
061　建议凡事还是看开点儿

068	爱情这玩意儿，真俗！
072	在一起就是要和你吃很多很多饭
075	先找自己再找爱
078	我爱你翻身抱我的瞬间
081	高级浪漫
085	你不要恃爱行凶
089	跟拥有独立人格的人谈恋爱，真爽！
095	女孩，去做勇敢的那一个
099	我怀念每一个"酒肉朋友"
102	在夜深人静的时候，想起你
105	你，是了不起的你
109	我们互相喜欢，但也只是朋友
113	夏天结束了，我的梦也醒了
117	回乡偶记
120	世间多少舍不得，中间藏着来不及
123	在外漂着的人，在每个春天回家
126	你要开始一个人生活了

Chapter 2

说到底，
人骨子里
还是感情动物

这时候，
容我胡思
乱想一下

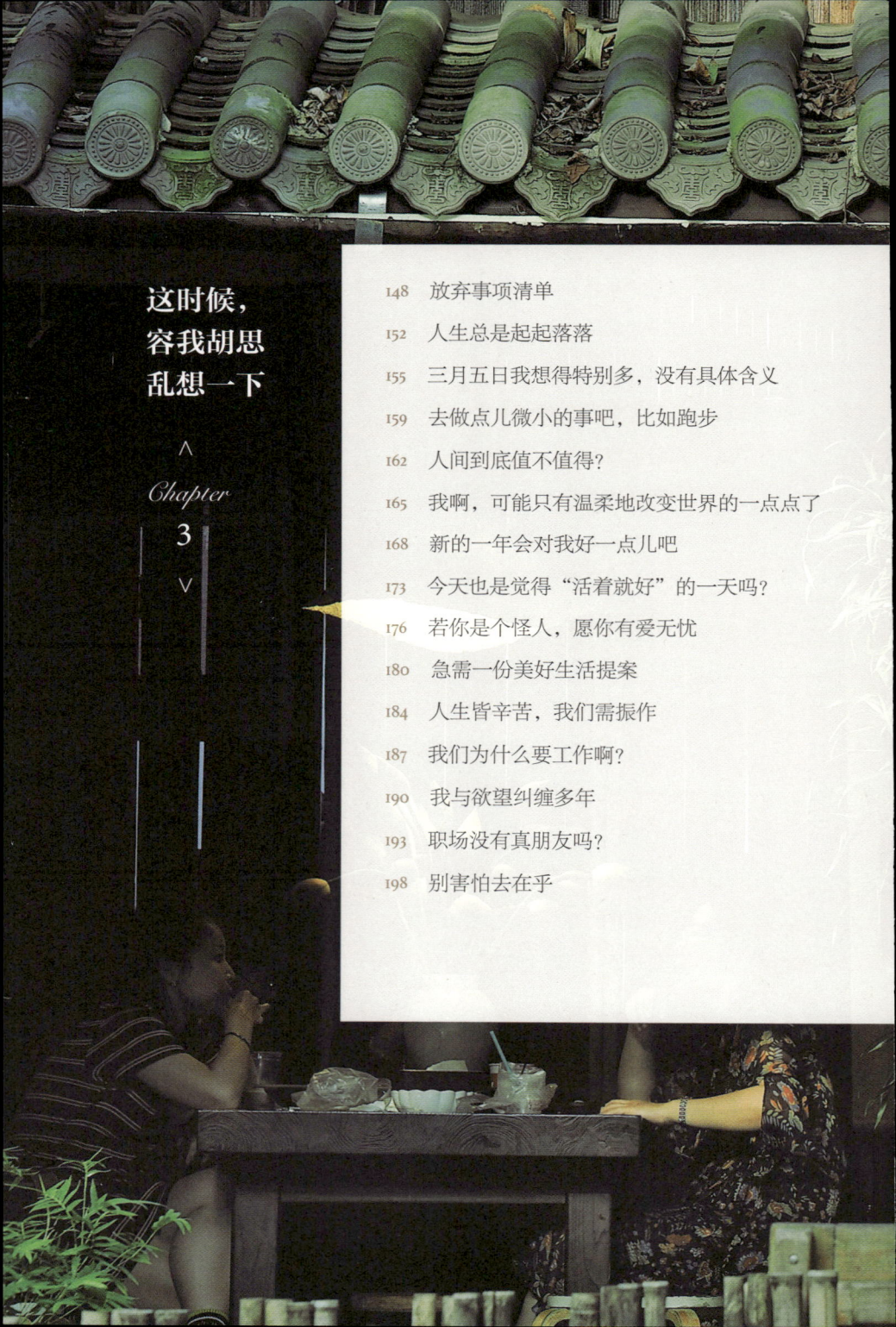

Chapter
3

148　放弃事项清单
152　人生总是起起落落
155　三月五日我想得特别多，没有具体含义
159　去做点儿微小的事吧，比如跑步
162　人间到底值不值得？
165　我啊，可能只有温柔地改变世界的一点点了
168　新的一年会对我好一点儿吧
173　今天也是觉得"活着就好"的一天吗？
176　若你是个怪人，愿你有爱无忧
180　急需一份美好生活提案
184　人生皆辛苦，我们需振作
187　我们为什么要工作啊？
190　我与欲望纠缠多年
193　职场没有真朋友吗？
198　别害怕去在乎

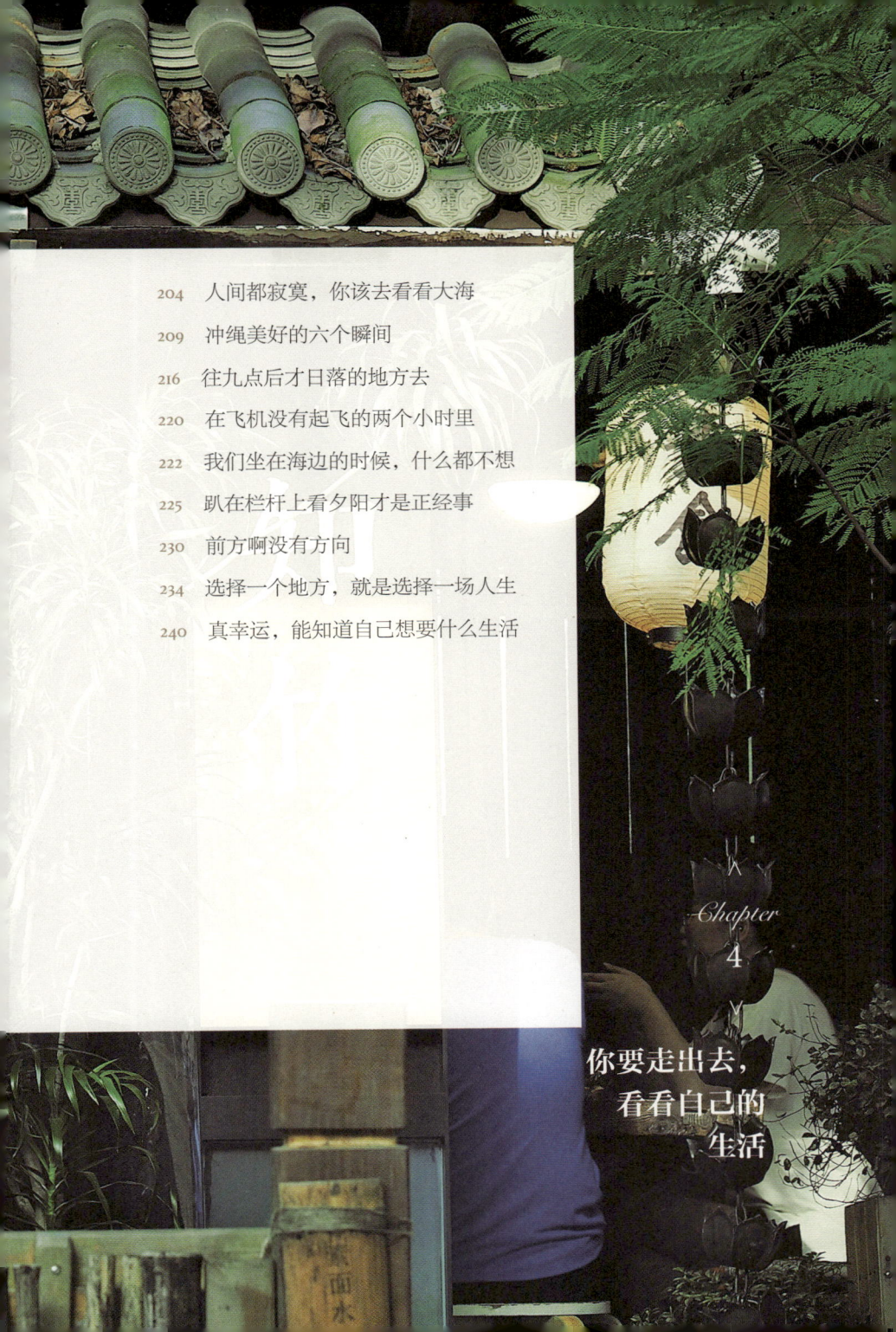

204　人间都寂寞，你该去看看大海

209　冲绳美好的六个瞬间

216　往九点后才日落的地方去

220　在飞机没有起飞的两个小时里

222　我们坐在海边的时候，什么都不想

225　趴在栏杆上看夕阳才是正经事

230　前方啊没有方向

234　选择一个地方，就是选择一场人生

240　真幸运，能知道自己想要什么生活

Chapter
4

你要走出去，
看看自己的
生活

认清现实,放弃部分抵抗

∧
Chapter
1
∨

平淡
比轰轰烈烈
难多了

从前，有一个富家女子，每日的生活主题是美丽和玩乐，她有一个非常幸福的家庭，父亲母亲慈爱，姐妹之间亲和，未来如果不发生意外，她将在家人们的见证下，找一个门当户对的男子，结婚、生子，度过富有且平静无波澜的一生。但就在某一天，她偶然闯入平常人家，发现一位男子"卖身葬父"，她哪里见过这等人间惨事，只觉得这个男子的忠厚善良实在是动人，于是对他产生了爱意。生命的第一个选择题出现了：富足无忧的生活和真心爱人，究竟该选哪一个呢？历史总是非常相似，她和众多平凡的女孩一样，选择了真心爱人。他们过起了人间最寻常的生活，男耕女织，炊烟袅袅，互相敬爱。直到富家女的父亲发现，勒令他们分开。出于对丈夫的保护，她不得不跟着父亲回家……

这个故事很老土，就是董永和七仙女的故事。我为什么要在开头讲这么一个故事呢？其实这里面蕴含着现代人的问题：我们是如何一步步沦为凡人，又是如何一步步地接受"自己是个凡人"这件事情的？

记得我人生轨迹发生剧烈变化的时候，是大学。大学对我来说是很重要的一段经历。这个"重要"不是像高中老师说的"如果进入一本大学，你就等于成功了一半"，而是它并没有如所有人的预言和愿望那样，但却产生了奇妙的连锁反应。

我的故事是在我高考水平没有完全发挥出来，进入了一所普通二本院校之后开始的。择校的时候甚至是补报的，因为那一年就是很邪门儿，按照往年经验，我远超二本线几十分，上一所优秀的二本学校应该问题不大，可那一年偏偏就是不行，只好补报。可以想见，学校其实不会太好。

我抱着"宁当鸡头，不做凤尾"的念头，想要在平凡的大学里做出不平凡的成绩。所以我积极参与各种社团活动，加入学院和学校的学生会，拼命出头，希望老师们能看到我。与此同时，我也努力学习专业课，四年来，我每次期末考试的排名基本都不出前十。我与人为善，结交了一众好友，他们之中有很多人到现在都还是我的好朋友，并没有因为长时间身处异地便失去联系。绝没有自夸，我就是这样度过了整个大学生涯，并且觉得获益匪浅。

我努力要成为一个很酷的人，尝试了一个人旅行，虽然后怕得要死，还是觉得自己简直酷得不行。尝试了组乐队、当主唱，我们乐队甚至在当地几个小酒吧都参与过live（现场）表演，虽然反响平平。

努力想要在能力范围内做到最好或者次好，总是不服输、不甘心，我的命运不该这样，我的未来肯定极其美好。而在美好到来之前，我要做的就是继续做一个傲气十足的仙女。

毕业后选择"北漂"，也是觉得"北漂"一族大概是比较酷的一群人了。可是，当我身处狭窄的、房租八百块一个月的小单间里，每天在一家公司里做重复、无意义的工作，下班后没有朋友聊

参差多态的，才叫生活，

它不能只是简单地追逐同样的璀璨，

穿同样的牌子，实现同一种价值，

用同一种方式生活。每个人都一样，

哪还有趣味可言呢？

天，过生日也仅仅是一个人买了凉皮和小蛋糕庆祝的时候，我第一次意识到：现实真的有点儿残酷。

理想和现实之间的差距不是一点半点，而是千差万别，是一道很难跨过的鸿沟。

第一份工作是经纪人助理，在我的想象中，我应该会风光地跟在某个大明星后面，为他部署工作事务，处理各种绯闻。而现实中我的工作是，用社交软件定位到艺术院校，搜寻条件好的学生，跟他们线上沟通，让他们把经纪业务放到我在的这家公司。其实说白了就是骗人的，收一大堆培训费，也无法把人捧红。

但我仍然没有服输，努力去找我想要的工作。我去做旅游网站的文案，结果也只是在复制粘贴，一个月不到我就辞职了。之后在一家互联网公司做运营编辑，总算步入正轨。

后来，部门老大带着我们创业，那一年像是遍地有黄金一样，一个人创业整个团队都发财。我们沉浸在即将胜利的泡沫之中，坚持了两年，终于还是落荒而逃——在工资连续几个月发不出来之后。

面试到一家很喜欢的广告公司，他们帮计生用品做了很多社会化营销，结果因为架构调整，我被踢出去了。之后在工作中，也受挫了很多次，经历过质疑、彷徨、伤害，渐渐觉得自己其实骄傲什么呢？工作多年本事没长，脾气倒是不减，我到底牛什么呢？我自己也不知道。

这么多工作中的挫折、生活中的磨难，使我渐渐认识到我可能成不了那种白领精英，我做不到那么拼命，我能达到的高度就那么高，我没多特别。

我的业余爱好也如出一辙，不知道是我命运不济，还是真的天资平庸，眼界跟不上。公众号红火的时候，我写出过不少所谓的"爆款文章"，出了一本书，眼瞅着自己似乎就要成为"当红青年作家"了，却没有连续再出几本，公众号也是平平无奇；播客红火的时候，我已经积累了一大批听众，稍见涨势时，我倒是也借了一点儿风力，积累了更大一批听众，可现在不得不承认的是，这阵风头已经吹过，至于风吹向了哪里，到了哪个山头，我也不知道。

经历了种种，我知道自己只是个平凡的人，我的小才华不足以支撑起我的大梦想，我关注的过去早就成了过去，无论多辉煌或者多绚丽，都是过去，可以做下酒菜，而不是正餐。我期待的未来还远在未来，我只能不慌不忙地走向它。我的现在才是最珍贵的，而现在往往是最容易被忽视的。

在这些磨难中，我收获了很多，我接受了自己是个平凡人后，反而过得更加轻松、平和。当然可能也有年岁的加持，也许平淡的生活才是我们该去追求的，以为它易得，其实不是，它比轰轰烈烈难多了。

王小波在《黄金时代》里讲过："生活就是个缓慢受锤的过程，人一天天老下去，奢望也一天天消失，最后变得像挨了锤的牛一样。可是我过二十一岁生日时没有预见到这一点。我觉得自己会永远生猛下去，什么也锤不了我。"

这句话并不消极。生活的真相是，我们一直在失去，但失去的同时也在获得，如果坚定不移地相信自己的话，那就可以生猛地活下去。

人们觉得平凡就是柴米油盐酱醋茶，是灶台上的污渍，是永远也干不完的家务和因此引发的争吵。不是这样的，平凡应该是像《伊豆的舞女》里讲的:"当我拥有你,无论是在百货公司买领带,还是在厨房收拾一尾鱼,我都觉得幸福。"是这些烟火日常,给人带来的生机和活力。

我们都是平凡的人,何不平凡地接受自己的限制,再在限制中求取无限、在普通条件中创造更高条件呢?怕什么被锤的过程,该怕的难道不是既觉得自己平凡又不敢接受这个事实,于是拧巴、不安,更什么都做不出的那个自己吗?

于是我
决定
去未来

我们选择栖居地，选择另一半，选择职业，就是把命运交出去一半，跟老天打个赌，我就要在这块儿地方奋斗，我就要跟这个人在一起，我就要"死磕"这一行，最后结果是怎样，好像重要，又好像没那么重要。这个地方容不下我，天大地大，总有容得下我的地方；这个人不行，人多路宽，多走走总能碰到吧；实在不适合我的职业，我转个弯，也许就能找到真正适合的。人活一世，就要灵一世。

我想起我在北京经历过的三处住所，以及发生在这些地方的很多事。

第一间屋子是旧小二层里的隔断间，地方很小，价钱便宜，房间装不了什么，一张一米二的单人床，紧挨着床的是一米宽的书桌，旁边是带拉链的衣柜，之后那个衣柜因为承载不了我的所有衣物，在某个晚上轰然倒塌。我在这间小屋里住了四个月，甚至接待过朋友。工作日，我会早起一个小时，因为床靠近阳台，太阳很早就晒到身上，起来学一个小时的日语，把五十音图背得滚瓜烂熟，然后上班。周末就四处闲逛，晚上早早回来看书。

那间屋子里加我在内住有五户，二楼是一个大哥哥和一个大姐姐，大哥哥总坐在顶楼抽烟，他坐的地方可以直接看到我屋内的全貌，我虽然觉得他是个好人，但也害怕好人偶尔怀有歹意，于是一到天黑就拉上窗帘，逼仄的屋子显得更加逼仄。我在一楼，隔壁是做行政工作的姑娘，另一个隔壁是互联网开发工程师。做行政的姑娘最开始说不带男朋友回家，之后没几天男朋友就常住在这里。她的男朋友经常上厕所不关门，不冲厕所，抽烟不开排气扇，而我经常嫌厕所脏，时不时地打扫，他们便更猖狂。另一个开发工程师常不在家住，老有他的男性朋友带女人来这里借住，所以晚上异常精彩。

而那个工程师呢，在我有一次蹲在卫生间地上洗衣服的时候，站在我对面，嬉皮笑脸地跟我说夜里梦到我了，眼睛不知道瞟向哪里，我的汗毛瞬间竖起了，决心一定要搬离这个地方。

想做就得赶紧做，不出一个月我就搬到离我后来的室友H很近的地方，房间是一间大主卧，有独立卫生间和小阳台，没有人打扰。虽然仍然有奇葩的合租对象存在，比如一个经常生气爹毛的三十岁的女人，夜里总是带回各种男人；比如一对小夫妻中的丈夫脾气大，我总是莫名其妙地被他"套路"走水、电、煤气费用。但好在终于有了独立的环境。

我在第二间屋子里创作，写文章、录节目，有很多朋友来北京都喜欢住在我家，我的父母也来住过一段日子，那一年，我跟自己玩得很开心。

之后因为房租涨了五百块，我的工资还不足以承担涨起来的部分，刚好H的房子空了一间出来，我就搬到她的旁边，直到现在。

我在这间屋子里哭泣过。记得那是一个雪天，冬天最后一场雪，我叫了一个那时候跟我处得很好的朋友陪我，她看我喝完三罐啤酒，听我痛陈我如何爱一个人，安慰我就算现在分开也没什么，而我就是执着地想要默默地陪着他。

我在这间屋子里，玩得也很开心。有次参加完活动回到家，还不是很想睡，打开最近很喜欢听的音乐，跟着音乐摇摆，边摇摆边录了视频，发给妈妈，她说我像疯子一样，但我觉得很开心。

我在这间屋子里，时常会陷入沉默和失眠，因为很想一个人，想要他真的开心，即使那份开心不是因为我。我在这间屋子，度过了很长一段失意的时光。

后来我们终于跌跌撞撞地在一起，在同一屋檐下生活。我让渡一部分自由，只是因为好喜欢好喜欢跟那个人在一起。

前几日夜里听说北京要"清退"一些人，莫名其妙地惶恐起来，他看出我惶恐，连声安慰我："没事，大不了我们俩去别的地方嘛。"是哦，不管发生什么事情，至少我们是两个人站在一起。那一刻是安全且有力量的。周日下午，窝在家里弹吉他、唱歌，他说我唱得奇怪，我就偏要争个高低，他说突然觉得这样的闲暇时光真好。

于是我决定去未来。我经历过一些不好的日子，再兵荒马乱也得自己扛起一切的日子，我未来也必定还会再有类似的日子，但是我不怕了，我觉得我不会再是一个人扛起一切。我们俩都没有想过万一分开会怎么样，是因为现在的日子细水长流得让人觉得会一辈子这样下去。

眼下可能会有各种不爽、不安、不甘，但是想想未来，尝试着往前看看、往前走走，就会觉得眼下的那些不如意总会过去，相信未来会变好。不知道这是不是一种莫名其妙的乐观主义，但何不乐观一下呢？世界在下沉，我们在狂欢啊。

你想成为什么样的人

年过完了,世界的一切又恢复原样,依旧是拥挤的地铁、易怒的人,依旧有被感动的生活细节。每次早上醒来,都要感慨一番,昨晚做的噩梦只是梦一场,而我仍有机会扳回一城。

今年的春节是我过得相对满足的一次,没有浮夸的聚会,跟两三个知己好友见面聊天,在家里陪父母,带他们看电影、吃饭,跟他们解释我今年的目标和实现目标需要的步骤。爸妈年岁渐长,渐渐生出对晚景的担忧,让我看得既心疼又不知所措,因为在目前的情况下,我确实没有办法让他们觉得非常有安全感。

回京后,生活照旧进行。似乎有很多事情可以明确前进的方向,按照计划来推进,于是突然有种把握住了明天的感觉。其实把握明天怎么可能呢?不过是安慰自己的一种说法。

最近看了网飞出品的一个真人秀,我在微博里推荐过,叫《粉雄传奇》。我数度流泪,为人性的美好而感动,也为人与人之间的诚挚而感动。

被改造的人里面,有看似不可能被改造的废柴大叔,有被众多儿女拖着的年轻父亲，有警察，有创业公司的创始人，他们的政见、种族、宗教信仰都不同，甚至存在着冲突面。由于是综艺节目，大家可能都期望看到"斗争"的场面，越剑拔弩张越好。但他们不是，他们抱着开放的态度，不奢望消灭不同的意见，而是在不同的意见之中保留相同处——这是沟通和交流的意义，我们不磨灭事物多样性的同时，也会坚持自己坚持的。

这个节目给了我很多启发，关于做一个怎么样的人。很多人心里都有想成为的人，可能她更漂亮，更有学识，更酷，但很少有人心里想成为的人是自己。我之前做的一期节目，题目叫"你喜欢自己吗"，很多人说喜欢，但更多人的答案却是否定的。

毛不易写过一首歌："像我这样迷茫的人／像我这样寻找的人／像我这样碌碌无为的人／你还见过多少人／像我这样孤单的人／像我这样傻的人／像我这样不甘平凡的人／世界上有多少人／像我这样莫名其妙的人／会不会有人心疼。"放眼望去，全是我们不想成为的人，都是我们想要改正的毛病。

那我们要成为什么样的人呢？

要成为自信的人。许多人不喜欢自己，很多时候是因为不相信自己，不相信自己的美好，看不见自己优于他人的一面，或者说只是把目光放在自己没那么好的地方，一直揪着自己的短板不放。何必呢？不足的地方是要去补齐，但一直盯着它，内心就会疑窦重重，念叨着自己真是不够好。要相信自己啊，要看到自己闪闪发光的地方啊，人人都爱阿黛尔的歌声，爱到可以忽略她的身材，不是吗？

要成为拥有开放心态的人。世界太大，跟自己不同的事物太多了，凭什么只允许自己认定的东西是正确的、正常的，而抹杀其他存在的可能性？像是一个人张开怀抱去拥抱一只刺猬，有开放心态的人会拥抱到刺猬软软的肚子，而心态封闭的人则会被刺伤。开放的前提是尊重，尊重对方和自己的不同，也尊重自己本身的坚持。像《粉雄传奇》里一位男士说的："上帝告诉我要爱我的邻居""我希望你们到来之后，会感觉到被爱、被接受"。节目里的他们是开放、包容的，是美好的人性让诸多异见得以被摒弃。

要成为不被恐惧束缚的人。我们害怕改变，害怕跳出舒适圈，甚至害怕成为想要成为的那个人，毕竟一路上的艰辛苦楚，可能不去经历一番不会知道，而经历这一番似乎又有些太苦了。因为恐惧，让我们离目标远了很多。很多人说想去大城市发展，但想到自己没朋友、没门路，就望而却步；很多人说想辞职去旅行，但想到自己没有钱，就此作罢……这种事例太多了，不胜枚举，都是心中的恐惧在束缚着你我。像我，梦想了很多次去蹦极，拖了两三年才实现，其实不过是眼一闭、心一横、身子一蹦的事情。有些人可能觉得蹦极和其他事情比起来轻松很多，那么，抗拒恐惧的第一步，不然先从蹦极开始呗。

要忠于自己，遵从本心。最最重要的是这一点，唯一不要背叛的人就是自己，即使不清楚自己喜欢什么、想要什么，至少也知道自己不喜欢什么、不想要什么，知道处在什么情况下是让自己舒服的状态。在比昨天要漫长的今天，你是不是也努力地又度过了一天？总之就是不要做让自己不舒服的事情，不要做那个不忠于自己的人。

我们也没有必要成为像谁谁的人，为什么要成为别人呢？就尽力去做自己就好了，世界不会因为你做自己就为难你，但你的那个"自己"一定得是个不危害周围的人。当你终于和自己相遇，你会发现没什么事情比这更令人高兴了。

我们曾接近理想生活，但都不以为意

某个周五晚上，我跟同事去甲方公司开会，讨论策划方案怎么改进。会议长达三个小时，重点其实来来回回就那些，要义就是改两个地方：这里要改，那里要改。我和同事在返回家的路上，激烈地讨论了解决方案，虽然感觉自己一脑子糨糊，焦头烂额，但那种忙碌到充实的感觉，还是让我觉得得到滋养，觉得自己有价值。

等地铁的时候，老大突然在工作群里劈头盖脸地数落我的不对，跟客户讲话不严谨，被客户那边告了一个小状，我内心突然有点儿想要放弃，产生了一种消极对抗的心理——我凭什么要挤地铁，又凭什么要拿着一份看似稳定的薪水在北京漂泊着？我最适合做的事情，难道不是稳稳地坐在家里写些东西？作家作家不就是坐在家里吗？顿时有种想要撂挑子不干的心理，可转头再一想——算了算了，确实是我不够严谨，准备不充分，我的锅我背。

那时的自己，想到的是不是我的理想生活呢？

什么是理想的生活？

我没问过什么人，但我查了一些网站的网友回答，总结几句就是：不用工作，去任何想去的地方，买任何想买的东西，没有什么压力，安安稳稳地做美容、按摩。在我看来，这不过是有钱的生活，或者说这不是我的理想生活。

诚然，好像提到理想生活都离不开物质，但物质包括所有生产、生活资料，而不仅仅是钱。日本有很多这样的人，他们没有多少物质需求，可仍然觉得自己的生活很理想。拥有少数的物件，不去刻意追求时尚，日常穿得最多的是"优衣库"，三餐基本可以在便利店解决——这似乎太寡淡了一些，可能不太符合普通中国青年对理想生活的想象。

现实生活似乎永远在和理想生活作对一样，肯定有不少人写过对现实生活的不满，我也一样。永远挤不上去的地铁，挤上去也没有尊严；不需要化妆的日常，公司里没几个想要"引起注意"的对象；涨房租的速度永远超过涨月薪的速度；"月光族"已经是老词了，因为我们基本上不到月底就花光了钱；去追求一下所谓的"生活品质"，最后也不过是在家里放些鲜花，还会忘记换水；去咖啡馆随便买杯什么，一定要拍照留念，没有拍照分享的"品质生活"不值得过。现实生活这么不堪，为啥没有大规模的人选择逃离呢？

还是不太行嘛，不工作怎么赚钱？不赚钱怎么去过理想生活？于是我们陷入死循环，真是不好说什么。

不过……喂，醒醒吧，不是应该认真地去考虑下什么是属于自己的理想生活吗？

不工作就行了吗？不做点儿事情的人，不是废物吗？当废物这种事情，偶尔为之叫有趣，经常为之可就没意思了。至于四处旅行、美容、健身，这些都不能称之为"理想"，只算是奖励自己的低成本回报罢了，于我而言，或者于大多数人而言，它们是努努力就可以实现的，并不遥远。

而理想生活是即便遥远，但也让人想要实现的啊。

它是——

不被其他因素控制的，完全自我可控的。

自由，是第一要义。对我来说，自由选择做什么事情，自由选择什么时候做，自由选择进度，自由选择截止日期，不被其他外物驱使，才最重要。

工作是要做的，但可以不上班。工作，应该是带有自我驱动力的，心里惦记着它，自然而然就会想要去做。被人跟在屁股后面催着的"工作"，通常不予讨论。

工作的一切是自我可控的。当然偶尔会失控，就当是和自我控制之间的一个小差错，可以有，但不可过分。失控的人生还没过够吗？失控的体重、差劲的自我控制力、随意的拖延……别这样啦。

得劳动，人还是需要充分劳动后流汗的那一刻。同理可以参考跑步。我以前最讨厌跑步，气喘吁吁有什么好？但有几次我跑步流了非常多的汗，整个人轻盈得像可以飞，那种感觉真的非常舒爽。做事是需要流汗的，这种流汗可以是实际的汗，也可以是精神的"汗"。我想很多人应该体验过那种用过脑子后，事情变好的感觉吧。不用去联想工作，小时候解数学题时就是如此。

充分是重要的，充分投入其中，充分运用脑子，充分去追寻真相，收获得也许不多，但很酣畅淋漓不是吗？

其实接近理想的生活，我们都有过，只是被忽视了而已。

说实话，仅是我的个人体验，但你也可以参照自己过去的生活想想看。

夏天，跟爱人在院子里喝啤酒、看月亮、聊天、打嗝儿，是其一。很简单的一件事，要说多少钱、多贵，可能把这些要素聚在一起最贵吧。最圆的月亮，还可以的啤酒，不是很多蚊子的公园，这些很简单，但是很珍贵。爱人首先得是朋友，能聊天、打嗝儿到一起。我猜可能会有人说自己是一个人怎么办，相信我，一个人也能这么办。我一个人的时候经常这么干，拿一罐啤酒，少喝一些，微醺朦胧间看看月亮，真美，想骂脏话的美。

一个人的时候听音乐，在房间里跳舞。门的重要性体现出来，如果害羞，就把门关起来，音乐打开到差不多的音量，开始放松自己，跳舞，多难看也没关系，反正没人看，把想象力释放出来，自己就是全舞池最厉害的舞者，其他别想。太理想、太美好了。

真的，理想生活不一定要多有钱，买多少东西，去哪里玩，那些都无法真的构成一个人。自在、有爱、用心寻找、有耐力去追寻，这些更重要。《千年女优》里说："再怎么说，我真正爱的是追逐他的过程。"知道吗？你我努力地追逐理想生活，努力的样子本身就很耀眼了。

希望你
不要害怕
"丧失过什么"

今年的我是28岁的我,家人嘴里29岁的我,社会意义上需要成家立业的我,而我的身边仍有不少人是一个人。以前听说过一个说法,"全身的细胞除了脑细胞,基本六到七年就会更新一遍",也就是说每过七年,站在镜子前的自己,既是自己,又不是自己。也有人说这个说法并不真实,我们暂且不管。这算一个有点儿浪漫的说法吗?算是吧,所以有人用这个说法来解释"七年之痒",上一个七年里的那个"我"还爱你,而下一个七年里的"我"随着细胞更换,爱你的细胞都不见了,所以我不爱你了。这样一听,不是"我"不爱你,是"我"的新细胞不爱了啊。

而我,站在第四个七年的尾巴,不知道我的细胞明年还会不会爱我现在爱的人,希望它会吧,毕竟沟通和交往需要时间成本,而我不确定是否愿意为另一个人也花同样的心力呢。

村上春树说:"超过了一定年龄,所谓人生,无非是一个不断丧失的过程。"

人在过年的时候总喜欢捋一捋:我们现在剩余什么?我们失去了什么?我们还会拥有什么?不知道是不是年龄渐长,以为失去了会痛苦、难过、失意的事物，在真正失去的时候似乎也无所谓了。

农历年待在家里，似乎是件再正常不过的事情。连续加班的前两天，让我顺理成章地避开了和许多亲戚的"尴聊"。我知道大家肯定会问"男朋友什么时候来呀""你们什么时候结婚呀"这些问题，以前的我会甩脸子、避开不谈，现在的我不知道是虚伪了还是觉得没必要争执了，居然会一一回应他们。其实大家不是为了交流、沟通，只是为了避免沉默的尴尬。

从前会把过年在家的七天全部安排满，从上午到下午，赴一个又一个局，马不停蹄、不知疲倦，心里默默地告诉自己："我真是一个受欢迎的人啊，你看大家都喊我玩儿。"寻求他人的认同和喜欢，似乎是在那个年龄段最重要的事情。

而如今，我已经丧失这种乐趣了，别人喜欢我与否，与我喜欢自己与否相比，还是后者更重要。过年找朋友玩儿，也不过三个人而已，别人喊着要去参加的局，我也无心去回应了。有一个女朋友，我们在喝下午茶的时候，讲起类似的话题，她也只说："其他人我都不爱主动叫出来玩儿，也就是你，我主动就我主动吧。"这个对我来说更珍贵，要让一个从来不主动的人主动，可是无比难得的一件事。而我承蒙这样的厚爱，是比被三五个呼么喝六的好友叫着玩儿还要开心的事。

和另外几个女朋友聊天，才发现大家都在不经意间长大了，开口闭口谈的话变成了房价、房贷。我现在竟然不讨厌这些事情了，因为我突然发现那些能安身立命、让自己能在俗世中获得一点儿安全感的东西，确实很多都跟钱挂了钩，而背后更多的是关乎个人尊严吧。这几个女朋友，无一例外地在自己工作的城市买了房子，其中大部分还是单身，但在大家的言谈举止中，我觉得她们无所畏惧，云淡风轻，接受了生活本来的样子，也敢与其中的风暴对抗。我能想到的是，即使将来她们之中可能有人找不到特别理想的伴侣，但一个人的时候，至少也可以在自己的小房子里快活地、肆意地做自己。

欲望，大概是很多人都绕不过的一道坎儿，人需要被吸引，从而去奋斗、去实现它。理想、梦想，在很多时候也是一些欲望的升级。我现在还是做不到完全控制自己的欲望，但我可以和它坐下来谈谈，探讨一下它是否合时宜，以及我能不能掌控它。偶尔害怕欲望，是因为它在掌控我们，人类都挺怕被掌控的，所以偶尔会害怕欲望。

而长大真的就变成了一趟遗失欲望之旅。小时候想要了很久的百货公司橱窗里的那个娃娃，现在再给我，也不会是当时的感觉了。前几年很想要买的鞋子，今年再看，也不过是个过时款式。还是村上春树说得对，人生就是在不断地丧失。

但我并不会为这种丧失感到失落。不是说真的变成了"可恶的大人"，而是认识到这是再自然不过的事情，是一件一定会变成这样的事情。如果时间的筛子没有把一些你本来珍视的人、事、物筛出去的话，如果他们还都留在你的身边，那你要躲在被子里偷偷笑好久才对。如果真的筛走了一些人，那就怀着祝福的心，希望他们未来一切都好吧。

祝你看清生活的本质之后，还能义无反顾地热爱它。

快停止
你的
得过且过

有时会觉得自己正在穿过一条隧道,一直在摸黑往前,前面是什么不知道,有什么等着我也不知道,非常幸运地"捡到"一位男士,和我一起摸黑往前,庆幸之余还有隐约担忧:啊,这样的日子有多长呢?

今年不知道为什么,三月给我的感觉变得复杂了许多。往常我会歌颂春天,我会喜欢得不得了,风变得轻柔,树木开始发芽,一切都变得有希望的样子。今年却突然觉得:啊,真的有点儿疲惫。

"这样的东西,你过得了自己这关吗?"

"你觉得做到这个程度就可以了吗?"

"你真的觉得这样就OK了吗?"

每次听到这样的质疑,心里就会出现两个声音:如果我说是,对面的人会觉得我的能力就到这里了吧;如果我说不是,对面的人会反驳我说为什么不拿一个过得了自己这关的东西呢?进退维谷,于是就待在原地一动不动。

可是连自己也在怀疑,从什么时候开始我变成了一个"得过且过"、口头禅是"行了行了,差不多得了"的人呢?

我记得很小的时候，大概是小学。我的好胜心很强，要每一科都考一百分才可以。有一次一门功课考了九十八分，我哭着跑回家，觉得这件事情简直不可接受、不可饶恕。虽然仍然是班上的第一名，但还是觉得没有达到自己的要求，即使是在连爸妈都觉得可以了的情况下。

再后来，初中每个月都有月考，前几名基本是固定的——我和几个相熟的朋友，不是你在前就是我在前。我曾是第一、第二、前五，慢慢地偶尔也会掉到十几名，但再怎么掉，考到县里最好的高中还是没问题的，所以早恋、染发、去网吧玩游戏，叛逆的事情一件没落。

那时年纪小嘛，觉得失恋是比成绩下滑还要重大的事情。所以高中前的分手，是比中考没有考进尖子班更加令我失落的事情。虽然最后机缘巧合，我们那一届尖子班扩招了，我因此进入其中，但还是觉得恋爱大过这一切。

至于高中阶段，已然觉得不要下滑太多就好了，比如尖子班一共不到五百人，我能考到前两百，也是完全可以接受的。所以照样把时间花在体验青春上，成绩嘛，差不多得了。

工作这几年，还是个"职场小白"的时候总有一种感觉，总有一天我能成为某一领域的大拿，终有一天，我会踩着高跟鞋，头发丝毫不乱，穿着得体的衣服，左一份合同，右一个电话，手下带领三五个人，我们合起来可以解决世界上绝大多数的事情。但事实却并非如此。如果三五年后的自己能穿越时空，她应该会告诉现在的我："哈，你不会的，你照样在漂着，照样在职场里摸爬滚打，没有渠道和途径够到你想要的一切，即使踮起脚尖。"

啊，是不是在这个时候，我开始产生了"得过且过"的心理，觉得很多事情差不多就可以了？"差不多"渐渐成为我的行事原则，我只要交出六十分的作业就可以，只要交出一个"看着还行"的东西就能过去了。这一切是从我承认了自己真的只是个普通人开始的吗？

我是个普通人，所以我达不到某个要求是可以被理解的；

我是个普通人，所以我没钱、欠卡债是可以被允许的；

我是个普通人，所以我做个差不多的内容也是可以的；

……

诸如此类的想法多了，于是就变成"世上万事，唯有躺着最舒服"。而"舒服"恰恰是谋杀上进和努力的最大杀手。竟然就开始认输了吗？到这里就放弃了吗？我可是写过《只是有人更恳切》《除非你自己放弃》的人啊！如果我提前自己放弃了，岂不是打自己的脸？

我好像就在一瞬间明白了一点点，我把自己的"英雄主义"丢了。

我接受自己是个普通的、平凡的人，是接受自己不是万能的；

我接受自己是个普通的、平凡的人，是接受自己有力所不能及的部分；

我接受自己是个普通的、平凡的人，是接受自己平庸和偶尔的懒惰。

可是也是同一个我，为了九十八分哭泣的我，为了写一篇让自己满意的文章反复推敲的我……在不知道的时候，悄悄被我抛在很远很远的一边。

"弱者有理"这种想法，不应该是一个年轻人该有的强盗理论，久而久之之真的会变成一个"混子"的，就这样吧，日子也能过，"我"不是还没死吗？

是没有死，但也没有变得如自己所言的那样，成为自己想要的样子。这不应该是我、我们追求的东西。

加缪在《局外人》里有句话："走得慢，会中暑；走得太快，又要出汗，到了教堂就会着凉。她说得对，进退两难，出路是没有的。"人生的确不是一条出路明晰的路，任何一条路都是血路，是闯出来的，千万不要觉得进退两难就站着不动。要继续努力，要认真地对待事物，要好好生活，不是说说而已，是真的要努力试试看的。

"快停止你的得过且过吧！"我需要每天对自己说好几遍。虽然偶尔也觉得不拼命努力也是可以的，但——偶尔就好了。

杀死一个
理想主义者

你是一个理想主义者吗？

先别急着回答是或者不是，先听我讲一个小故事。

我有个高中同学，就叫他阿飞吧。阿飞属于在人群里不是很打眼的那种人，成绩中等，不是老师会特别关注到的尖子生或者差生。外表普通，是看过一眼觉得普通，第二眼还是觉得普通的人。就是这样一个普通的人，最不普通、不同寻常的地方是，他文章写得很好，很有灵气，想象力肆意飞驰。他笔下的那些句子，就像上帝握着他的手写下的一样。我记得有次我们作文自由训练，我得了第二，而他是第一。以后每次的作文自由训练，他都能拿第一。那时我就在想，说不定他以后会成为一个作家。

后来他成为作家了吗？并没有。大学毕业后，他在大城市做了新媒体编辑，后来又跑回我们老家省会城市开了店，最后店倒闭了，与此同时，女朋友敦促他一定要先买房才可以结婚。他又发动亲朋好友，在大家的帮衬下买了房子，又跑回大城市打工。毕业后的头一年他还会在网上写一写文章，但如今他文章也很少写，成为作家似乎是个遥不可及的梦了。

我们极少聊天，前不久的聊天也是因为某个共同的朋友结婚，商议该给多少礼金。我随口问起了房子的事情,他突然说:"我们别说这种事情了,感觉要是跟你也讨论这种事的话,我的最后一点儿理想主义可能就真的死了。"我不知道该怎么回答他,只好问他:"我该是怎样的理想主义者呢?"

或者,我是什么时候成为一个理想主义者的?

我想起大学毕业前的一些瞬间。因为本科学校没有选好,想要通过考研改变一下命运。关于要学习的专业,我从来没有任何犹豫,坚定地认为自己适合新闻学。因为我觉得自己是个好人,富有正义感。学习新闻学,之后成为一名记者,大概是我最靠近大侠梦的一条路。

可我看着那些书,书里告诉我,我过去了解的东西似乎并不是真的存在,我没有看到那些我想要看到的东西,于是没有考好,自然也没有走这条路。

当时的我怀着理想,想去追求真相,即使很多真相都被掩盖住了。

我至今仍然佩服那些敢于揭露真相的记者,他们中有人揭露了某位女明星之死并不简单,有人揭露了自己国家的民族之耻……他们信仰真相,勇敢坚强,因为我做不到,所以我尊敬那些能做到的人。

大学后的第一份工作,实习没多久就跟着老大创业了。

老大曾说要带我们在北京买房买车,带我们发家致富,只要我们的APP(应用程序)研发成功。我当时做得非常热血,一直怀着这个理想。后来融资耗尽,我们仍然没有多少长进,工资渐渐发不出来,我还会哄着自己说:"为了大家共同的理想,这点儿小困难算什么?"直到实实在在存在的问题戳破了这层泡泡,有再大的理想至少也得交得起房租啊,毕竟我得活下去啊!

离开这家公司后,我开始关注更加实际的问题。

薪资、五险一金、房价、婚姻、家庭……曾经认为很实际、很现实的东西，认为我不太会碰到的东西，如今也渐渐成为我会和朋友讨论的话题。

所以这样的话题也和阿飞聊了，却也产生了一种怀疑，我还算不算理想主义者？我确实产生了改变，我知道。我慢慢地接受了"不能完全依靠理想活着"这个观念，我也慢慢地接受了有时自己对物质生活的渴望。我似乎更像一个现实的理想主义者，理想的同时，也没有完全摆脱现实。

可，它们是对立的吗？

关心粮食和蔬菜就不是理想主义了吗？

关心经济和政治就不是理想主义了吗？

关心房价和婚姻就不是理想主义了吗？

不！我觉得我还是个理想主义者，只是同时没有回避世俗。

什么是理想主义者呀？我在网上找到一个说法，觉得很对："理想主义者就是不会相信生活和世界就是这样了。不管它是别人眼中的好，还是坏，一定有更好的办法，也能够通过合理的方式，缓慢地改善世界。愿意为了自己的理想而做些什么，甚至也愿意去牺牲什么。"

我呀，对单纯追逐功名利禄的事情没什么兴趣，我的理想还是去寻找生活中的爱和自由，像我文在身上的信条一样。我的兴趣还是在于缓慢地改变世界的一点点，哪怕只是让世界稍微多一点儿安慰和希望也好。

那你们的理想主义是什么呢？希望生活不要杀死每一个理想主义者。

我们
并不是
真的自由

关于自由的讨论,近几年越来越热。我们听过的自由不下十余种,财务自由、穿衣自由、车厘子自由、超市自由、言论自由、新闻自由……各种自由讲来讲去,颇有一种世间万物皆可破除之感,似乎我们是活在一个多么不自由的世界里。

小时候的我,也不知道算早慧还是事儿多,好像很早就走上了追求自由的道路。我特别害怕"不自由",不自由的感觉听起来就像在塑料袋里呼吸,总感觉喘不过气。

我做过很多类似抗争的事情。三四年级的时候,第一次抗争是染发。用偷偷存下来的零花钱,和朋友们凑起来,在那时的美容美发摊位买了染发膏,趁爸妈不在家的时候,跟着说明书染发,染成了一头黄毛。毫无疑问,当晚肯定遭到了父母的一顿揍,从头到脚似乎哪里都不对,被骂惨了,但是心里不知道为什么觉得很爽,可能那时体会到的就是自由的滋味吧。返回去看当时的照片,你说那头发颜色美吗?其实并不美。

第二次抗争是买衣服。看着表妹可以随着自己的心意,兜里揣了钱就跑去买自己喜欢的衣服,而我只能在妈妈的拉拽下,买大人们觉得好看的而我并不觉得时尚的衣服。争夺买衣服的自由,也是个"惨烈"的过程,我忘记具体是怎样了,不过当我穿着自己觉得很漂亮、很可爱的衣服时,妈妈稍微说了几句,也就没什么了。那种当家做主的感觉真妙。

第三次抗争是交男朋友。其实并不完全是为了追求、争夺自由,而是因为自己确实很喜欢那个男孩,而那个男孩也很喜欢我,那为什么不在一起呢?我们交往了快一年的时间,双方父母才在老师的提醒下注意到所谓的"不正常来往",自然少不了臭骂,但好像暴风雨也并没有很强。

之后我"争夺自由"的事情还有很多,比如到南方上学,比如一个人来到北京工作、生活,比如在不觉得自己非常需要婚姻的时候,没有盲从社会潮流,草草选择一个人共度余生。

在成长的路上,我其实并没有想那么多,只是冥冥之中那么做了。想要去追究原因,似乎就是这几年,很多事情会往回看,会去探求原因、追本溯源,会去理解自己。

后来知道我想要的东西,是爱与自由,我把它们文在身上,同样也是在争夺自己身体的自由。但我开始动摇,我是在跟父母争夺吗?似乎是,又似乎不是。

如果去问一个年轻人"你觉得自由是什么",大部分人可能会说"想干什么就干什么,不想干什么就不干什么""想去上班就去上班,不想去上班就不去""想熬夜到天明就熬夜到天明,想自然醒就自然醒"。听起来很梦幻对吧?这种"自由"我曾经有过,但换来的是无尽的恐慌和焦虑。

有那么一段时间,我离开公司,过了两个月"自由自在"的生活,起初我心想,我终于可以把上班没有时间看的书和电影一次性全部补齐,我终于可以想十点起床就十点起床了。可刚过一周就不行了。

我开始深切地焦虑。室友每天到点儿上班、到点儿下班,听起来很机械、很无聊,但是很安心,不会为第二天不知道干什么而茫然。而我,自然醒来后,阳光很好,但我完全不知道要干什么。我试过在家里唱歌、看电影、蹦迪、看书,心里却总觉得不安定。因为自由,我变得不知所措。今天看到一句话:"完全的自由意味着无限的可能性,也意味着无限的不确定性和开放性。"我现在懂了,我当时就是这种感觉。

我,或者更多的年轻人,会觉得自由是想干什么就干什么,是不想干什么就不干什么,但其实这中间的一个很深的误解是:这种"自由"只包含了权利,却没有相应的责任和义务;只包含了"我要享受的",却没有包含"我要付出的"。这是不完全的自由。

弗洛姆有一本书叫《逃避自由》,提到人们有时为了回避承担自己人生的责任,会主动把自由上缴给一种更大的力量,由这种更大的力量来主宰自己的命运。但其实冥冥之中,许多抱怨自己被控制的人,也确实配合着交出了自己的自由,自己其实无法成为自己的主人。

再回头想我那一系列的抗争过程,其实我都是试图将自己的命运交还给自己,想要做自己的主人。

把"自由"输入搜索框,会发现它涉及的专业学科极其广泛,心理学、社会学、法律、政治,不一而足都在讲"自由"。其中一个观点,或者说触动我的观点是,20世纪下半叶从赛亚·伯林开始用来划分"自由"的两种概念:"消极自由"(negative liberty)和"积极自由"(positive liberty)(更加详细的内容可以自行查阅一下)。

消极自由即没有受到别人的干涉或没有受到人为的束缚。根据此定义，X享有做Y的自由，当没有人干涉"X做Y"这一行为时。

伯林认为："'自由'这个词的积极意义来自个人希望能够做自己的主人。"

根据上述的说明，积极自由的重点在于"能够做自己的主人"。人要从束缚中解脱，才能获得真正最高程度的自由，而这种解脱也是最难的。恰恰我们都在寻找这种解脱。

这其中涉及的第一步是自知，知道自己是什么样的人，想要什么样的生活。背后的支撑是要有完整的价值观。

我们想要做到自知的话，不妨多问自己一些问题：是寻求安稳还是寻求变化？是觉得物质给的安全感更高还是精神给的安全感更高？是喜欢默默地做幕后还是闪亮地站在台前？成就感是来自职场内还是职场外？……多问一些类似的问题，尽可能地了解自己。

再进一步，读书、音乐、电影、旅行，这些都是在帮助我们完善自己的价值观。

说白了就是一点：要怎么做自己的主人，怎么实现自洽？我们需要先解决自己内部系统的混乱、混沌，才能在外部纷乱的、变化多端的情境里做出反应。我今天在谈的自由是一种有所保留的自由，即对自己的自知，在了解自己的需求、感受后，从内心指导自己做出选择、做出反应、做出决策。

萨特说："人是生而要受自由之苦。自由是选择的自由，这种自由实质上是一种不'自由'，因为人无法逃避选择的宿命。"

我们自由吗？其实我们并不是真的自由，我们也并不是真的不自由。

没有人是
不自卑的

没有人是不自卑的。你要记住这一点，并且相信我。

你现在可能刚进入大学校门，就惊奇地发现怎么周围的女生都那么漂亮，反观自己普通到不行；不知道要加入什么社团或者学生组织，觉得自己很多事情都不在行；从小县城到大城市很害怕，自卑到无法融入光鲜亮丽的大城市；为什么公司同事看起来都很擅长工作的样子，而自己好像没有办法独立掌控任何事情……这样自卑的时刻，谁都有的，真的。

我曾经觉得自卑这块儿小石子，是被很多人放进口袋，默默藏起来，企图有一天扔掉它，不让它成为负担的。但现实情况（也是令我惊讶的地方）是，很多人还是时不时地感受到它带来的隐痛，并时时刻刻想要变得自信，变得不再自卑。

我还经常被别人认为是自信的人，我在人群里不忌讳自己的行为，听到美好的音乐就要跳起舞来，这种激动不受控制。可我也曾是自卑人群中的一员，或者说一直在某些地方，有个小小的自卑的我存在着。

在漫长的少女时代，我深受身高的困扰。隔壁班的同学耳闻我名字的时候，都会评论一句"那个矮个子"或者"个子最矮的那个"。我有很多女生朋友都是跟我差不多高的，也有比我个子高很多的，走在一起时我会有意无意地跟她们保持一点儿距离。拍集体照时是我最恐惧的时刻，因为总会被老师说："欸，你个子矮，你站在最前面吧。"如果不是现在回忆起来，我多少有点儿忘记了还有过这样的时刻。

情况好转或者说我渐渐不在意，是在到广东上大学之后。学校里娇小的女孩子比例稍微高一些，所以我在其中也不再突兀，于是渐渐地这一点也被我遗忘了。但偶尔还是在喜欢的男生口中听到这样的话："如果你个子高一点儿，我一定毫不犹豫地选择你。"对不起，还是不必了，如果他接受不了这样的我，我个子高一点儿的时候，他还会有其他无法接受我的理由，他永远不会毫不犹豫地选择我。所以，我放弃喜欢他了。

我也有那种看起来很完美的朋友，她们是个子高、身材好、皮肤白皙的美人，是走在人群中会被多看几眼的存在。这样的她们，也免不了在私底下交流的时候，讲出存在于她们身上各种各样的自卑来。

其实仔细思考一下，我们的这些自卑更多是因为自己与社会或者与他人的标准不一致，每当这时，我们想到的首先是"责怪自己"：为什么我不是个子高的人？为什么我不是工作能力一流的人？为什么我学习这么差？为什么我家里条件这么一般？为什么我没有办法买名贵的包包？……我们责怪自己的同时，有没有想过，万一那个标准是错的，那我们是不是在用一个并不正确的标准难为自己呢？

有个"理想的我"站在一个高高的地方看着我们，它会让我们时刻觉得"真实的我"和"理想的我"是有落差的，所以我们就总会想着去追那个"理想的我"。

从这一点来说,自卑似乎变成了一个有益的点,它教我们走向更好的自己。于是我们学会了化妆、穿搭,实在觉得外貌不过关,整容也是可以的,割双眼皮手术现在已经变得比之前安全许多了。我们还会学习各种知识,有可能是怎么与人沟通,有可能是怎么提高情商、财商,我们似乎成了一个比"真实的我"更好一点儿的人。

可是还是会在自拍的时候,首先发现"我的胳膊怎么那么肥啊""小腿上的肌肉也太明显了吧",很少去发现其实那张照片里,我们真的笑得很好看、很自然,我们呈现出来的状态真的很积极,也许是受到那天好天气的影响,整个人看起来也是轻松、舒服的。

我们还是会不满足,觉得一定可以更好,胳膊要再瘦一点儿,小腿也要再细一点儿。"不满足"就是人类的天性,因为总有一个标准在那里,那个就是"理想的我"。我们很努力,但是还是有距离。所以自卑是怎么都不会消失的,它还是一颗石子,而且有时候会越来越大。

何必呢?我们怎么样才能让"自卑"不再拖累我们呢?我想到一个办法——做一个真正的"我",一个包含了缺点和优点、长处和短处的自己。这个人一定是有瑕疵的,一定是有什么地方有缺口的,但一定是真实且可爱的人。她拍照的时候脸会有一些肥肥的,但是放肆的、可以感染到别人的、快乐的笑——只存在在她的脸上。她穿裙子的时候有副乳,可是大可以上街看一看,谁又是没有副乳的呢?我们又不是模特,干吗一定要要求自己一直美丽?

要好好看看自己是谁,有什么地方是好过很多人的。不要怀疑,肯定有那么一些的。比如我,梨形身材,个子还矮,皮肤也不够白,但是我发现我文章写得还不错,声音也是好听的,和我相处的人都会感觉到舒服、自然、不需要拘束自己,那我就是一个很棒的人啊。

可能会有人讲了:"我找了一遍,还是没有发现。"那还是你找得不够彻底,你即使这儿不行那儿不行,那你扫地行不行?能把地扫干净,也是功德一件啊,我就办不到。所以返回去重新找,肯定有的。

当然也会有人看到真实的自己的时候,发现原来自己只是个"肥宅",开开心心在家里看电视、吃薯片、喝可乐,就很快乐,很符合自己的心意。那这种堕落放纵会不会越来越多呢?可是,万一哪一天他就猛然间从床上坐起来,觉得自己不能这样了呢?万一哪一天他因为爱上一个人,去选择做另一个自己了呢?这都是有可能发生的呀,所以不要太担心,我们不会立马变得更好,但我们也不会急速变差。

我们来世间一遭,不知道会不会有下一辈子,且将这一辈子过好嘛。这个"好"可不是一定要达到理想,而是真实的、可爱的、自然的我们的一辈子。感受自己的生命,因为没有范本,每个人都有自己独特的地方,这个世界才会变得千姿百态。千姿百态多好哇,我们就可以看到生活充满了可能性和变动性,那些自卑的石子还是会被放进口袋,也不用刻意去扔,它还是需要以合适的大小存放在我们的口袋里,我们还是需要适度自卑来促使自己适度前进的,只是它不再会是那个沉甸甸的存在了。

从前有一只丑小鸭,到哪里都被其他鸭子笑话,因为它实在太丑了。它走啊走啊,受尽了苦难。有一天它走进天鹅群里,大家都对它很好,它照了照湖水,发现自己也变成了美丽的天鹅。

这是一个梦,并不一定每一只丑小鸭都能变成白天鹅,但谁能说丑小鸭不能找到自己自信的地方、不能获得快乐?它们不是在下雨天玩闹的时候最开心吗?那时谁还去管它好不好看哪!

咱们女孩有力量

　　这不是为了庆祝"三七女生节"或者三八妇女节所写的,时机刚刚好,我想要谈一谈咱们女孩。

　　我现在主要做营销类的工作,自然免不了要针对各种节日做一些营销方案。各种节日,统一口径的祝福和祈愿,即使几家的营销主题类似,也不是大错。但唯独三八妇女节这种节日,一旦尺度把握不好,就容易"翻车"。因为各种品牌、各种产品都在告诉我们"女孩你要这样""女人你本这样"……现实似乎与这些口号大相径庭。这种事情很奇怪,不是吗?消费主义一面叫我们这样那样,一面好像也并不是这样那样地对待我们吧。

　　等等,我先收拾一下情绪,我不是要引战,也不是要激发女孩心里的不平,我想平静地说一下我的想法而已。

　　以前,我在别人口中算是个"女汉子",不知道谁先开始这么叫的,现在想起来其实这个词好诡异,我不过就是性格直爽、活泼了一些,行事风格不拘小节了一些,在他人看来这些都不是女孩子的特征,而是男孩子的,你具有了,所以你是"女汉子"。这个逻辑是不对的,没有哪种特征是肯定只有男生或者女生才具有的。

说回来。我想先说说做女孩的体验。

我记得第一次来月经时,我妈悄悄告诉我爸:"女儿成人了。"原来来月经就是成人啊,背后到底是什么意思呢?当时我还不懂。只记得要垫厚厚的卫生巾在底裤上,夏天贼闷热,但是还不得不垫,那种感觉真的不爽。我想起曾经有个朋友,很久不联系了,她的爸爸是个"暴君",有一次忘记是因为什么事情触怒了她的爸爸,他便惩罚她不许出家门,惩罚的期间刚好她来月经了,她爸爸也不管,于是经血流了一床。当时听到她这样讲的时候,我只觉得羞愧,可能当时的脑子里还觉得"大姨妈"是件有点儿"丢人"的事情,而她流了一床,岂不是更"丢脸"?我可真是愚蠢又幼稚。

因为男孩子气的性格,第一次喜欢男生的时候会想要隐藏起真实的自己,学着别的女生的样子,或者说是学着社会普遍意识中的女生的样子来做自己。我学着稍微收敛一些,控制自己不要那么大声说笑,在喜欢的人面前露怯,暗示他我多么柔弱,可是没有用,最后他也没有喜欢我,而我还憋屈得难受。在暗恋这件事情上,没人做得比我长久,可是我的演技太拙劣了,总会被人识破。但是识破后还没有下一步的,基本就说明对方对我并没有感觉。

后来我才知道,我本来的样子也曾经在别人的生命里闪耀过、发光过,虽然是长大后才意识到的事情,但好在还不算太晚。

在做女孩这件事情上,我庆幸小时候没有受到来自家人的"重男轻女"的伤害,该有的教育、该有的待遇一点儿没少。可是就在刚刚,我想起来其实是有的,那是源于一次过年和家人聊天时,聊到父母万一不在了,家庭财产要怎么分割的话题。我本来以为肯定是一人一半,那我就帅气地把大部分都给哥哥好了,我只要小小一部分就可以了。没想到的是,父母,特别是父亲,预想给我的就是小小的一部分，而不是公平的一人一半。这种感觉很不好，并不是源于财产多少，而是我在你心里竟然只能得到这一小部分的爱吗？

我之前想提纲的时候，没有具体想我的全部经历，但现在大致想了一遍，发觉原来我也是受过伤害的。

再小一点儿的时候，可能是幼儿园时期。有一次哥哥和朋友带着我玩儿，哥哥可能不想带着我，于是领着我出门后就拜托他的一个朋友陪我玩儿，他当时应该是十二三岁。他带我去我家附近小学的操场，那是个非常热的夏天上午，我们找个阴凉儿坐下，模糊的记忆中，他让我摸他的下体，他也摸了我的身体。持续的时间不长，他说回家不要跟别人讲哦，这是我们的秘密。傻乎乎的我只觉得我也是个有秘密的人了，根本想不到这件事情其实就是我们现在常常听到的性侵犯。

后来我慢慢成长，慢慢变成现在的样子。我的变化，源于去南方读了大学，又不服输地来了北京闯荡。这中间是大量的书，大量的电影、旅行，与新鲜的人群碰撞，不怕受伤害……有偶然性也有必然性，是我不太能一两句说清楚，也不能完全被践行的行动指南。

但，目前的我，是我喜欢并且适应的状态：不掩藏自己的性格，我就是这样，有好的地方也有不好的地方，我们必须真实，才能建立信任；坦率地去爱人，也被人爱着；每天都有学习的心态，为自己争取各种可能性。

这个社会对女孩有着各种各样的伤害，其实不是专门针对女孩，而是针对每个人。我不是女权主义者，不会特别激进地去抨击什么。我是个平权主义者，我希望无论男女，我们都能享有做人的权利。

写到这里,我又有一些小小的想法,拿出来权作参考:

第一,我们一定要不断地学习,多读书,培养独立思考的能力,多出门,增长见识。学习不单单是在学校里,自主地、有意识地去获取自己想要的信息,才算真正的学习。独立思考的能力,自不必说,这意味着没有任何人可以将你的思想裹挟;增长见识,也不必多言,看到的东西越多,我们的局限就越少。

第二,性不可耻,"大姨妈"不可耻,可以和姐妹们聊男友,可以穿着性感,也可以在买卫生巾的时候坦坦荡荡地装到包里——即使是男店员拿给你的。

第三,咱们自己不能有body shame(身体羞耻),高矮胖瘦各有所长,世界不是只有一个女孩的模板。

第四,要勇敢,要成为自己,咱们真的不用成为谁,只要成为那个真实的自己就好了。

最后,广阔天地,大有所为,咱们女孩有的是力量。

不就是
纵身一跃
入山海吗？

我们所说的安全感是怎么一回事儿？说实话，我想跟你说的是，我也不是很知道。

前不久我辞职了，我在要讲出"辞职"两个字之前心烦意乱，我知道我最终肯定是要辞职的，但我要怎么讲这件事儿？怎么坦然地面对辞职之后的心态变动？怎么在心里面获得安全感？……这些是我没有底的。而且我还非常天真地幻想，如果我的老板极力挽留我，且我这个人耳根子又软，我该怎么拒绝他的挽留，怎么倔强地辞职呢？

于是我把讲出"辞职"这俩字的那一天不断延后，我总感觉我能在这个时间段想明白我还在疑惑的问题，直到我拖不下去了，深呼一口气，真诚深情地讲出辞职的决定。没多久老板回复我了，我看到有微信消息的时候，心里便开始打鼓，"咚咚""咚咚"，心跳声大到我自己都吓到，虽然离职过很多次了，但再次面对，我依旧无法淡定。

你猜老板怎么回复我？大致意思是：好，我准了，你接下来什么打算？

啊？这么轻松愉快地就通过我的离职申请吗？不再给我点儿积累更多安全感的时间吗？

可是现实情况是，没有这样的时间给你，你必须自己去找你的安全感了。

我们对生活有很多担心，担心自己辞职后没有收入也没有积蓄，会不会饿死，担心自己会不会找不到工作——特别是在今年这种情况下，担心自己马上迈入三十大关，似乎人生也没有突飞猛进的发展。我和周围那些俗世意义中"成功"的朋友似乎差得有点儿远，我想现在的我暂时是没有办法年入百万了，但我至少可以一年写几万的字。这些担心一直萦绕在我的心头。

前几年我也不是没有过裸辞的经历，或者更确切地说，前几年更惨烈一些，属于被辞退。兜里真的就没有多少钱，我印象中大概是两千多一点儿，因为在新公司没工作多久就被辞退了，还刚刚交了房租，好在当时我和很好的朋友住在一个房间，我在最后撑不下去的时候，还能问朋友借点儿钱。

但我那个时候都没有太担心活不下去，对未来虽然焦虑，但仍然充满希望，人生一定不会断了我的路的。

嘿，可是现在的我怎么就怂了呢？对比最惨的时候，我有了一点儿积蓄，可以允许自己任性一段时间；我也有飞黄腾达的朋友了，可以跟他们借钱的额度提高了；我也有亲密爱人了，至少他可以为我兜底。但这些依旧没有给我非常强烈的安全感。

生存缺乏安全感其实就是对未来生活的不确定引起的不安，这个我想我很清楚。

我知道未来如果我想去工作的话，我不可能找不到，但我对自己接下来要做什么事儿不是很肯定。我很想找到一件可以让我坚持很久，甚至一辈子的事情。我现在唯一坚持了很久的事情就是持续地写和不断地录制。但我不确定这两件事情能给我带来安身立命的本钱，至少现在不能。可能也是我内心的胆怯，不太敢豁出去就一门心思扑在这两件事情上搞一搞。

我现在的心态很像要跳伞之前，虽然我还没有跳过伞，但我知道未来我一定会去的。跳伞之前，我看那些人不都是会在飞机上闭着眼睛做心理建设吗？不就是跳伞吗？不是还有教练一起吗？都有那么多人跳过了，我肯定也不会出意外的，况且跳伞一次好贵的，我不跳，多不划算！

对，我现在就处于这样的状态，在心里反复列出来缺乏安全感的对应措施，但安全感还是没有多一点儿。我究竟怕什么呢？偶尔我也想抽耳光问问自己。

我没有欠款，房租刚交，兜里还有可以支撑自己出去玩儿几个月的钱，不多，一两万块。我最怕的是没钱吗？似乎不全是。

我唯一怕的就是找不到努力的方向，就是我握好了拳头准备挥舞起来，但却打在虚无的空气中，使不上力，这样的感觉让我非常不爽。

所以我的不安全感可能源于我不知道方向，又怕做了错误的选择，怕未来的自己失望和后悔吧。

我的一个好朋友，也就是我说的"飞黄腾达"的朋友，自主创业几年了，已经实现年入百万的小愿望，前几天我们在几个人的群聊里聊他是怎么做到的，他突然说了一句："你本该是这几个人里第一个实现这个小愿望的人。"

啊，好扎心，事事最怕"本该如此"。但我知道我出于怎样的想法做出了现在的选择，所以也不需要再去深究。

那我亲爱的自己啊，你怎么现在就开始害怕未来肯定会做这种"本该如此"的后悔事儿呢？是不是在自我打脸？我这里想说，是的，我在自我打脸。

我的不安全感来自自我预设，预设了自己没有好的结果，于是越想越气馁，越想越觉得没有安全感。但真的有很多事是没有发生的，且发生了也不一定就是按自己所预想的那样发生。那我又在不安个什么劲儿？这不又会被人视为矫情和想太多吗？

人真是奇怪的动物，总在这样的两级里来回摇摆，一会儿我好了，一会儿我又不行了，一会儿又好了，一会儿又不行了。

写到这里，我仍旧没有给自己的不安全感开解很多，但也不准备做更多开解了，也不准备把钥匙交给时间，去信奉"时间会给你答案"这一套。只是至少给自己打打气啊，不就是纵身一跃入山海吗？往前试探一下总是不会太坏的。

北京，
我们暂时
分手

我总是藏在一个叫"少女绿妖"的名字背后来书写我的现状和念头。这是一种安全的做法，因为大可以把所有责任都推给"少女绿妖"。写作的人偶尔是个胆小鬼，只敢躲藏起来，偷偷讲一些真心话。那么这次，我想跟"少女绿妖"暂时分开一下，让她来问我一些问题吧。

少：说说吧，你最近有什么新的打算？

我：哈，直接上结论是吗？我和K最近打算先搬离北京，像候鸟一样搬去昆明过冬，等想到下一个要去的城市或者找到自己要做什么的时候再做打算，给自己的期限是到明年年后吧，哪怕到时再找工作呢！

少：那又是什么样的原因让你想要离开北京呢？

我：也不知道是不是卡在一个坎儿，就是当你驻扎在这个城市六年有余，好像获得了这个城市的通行证，但是再去仔细研究论证，却发现获得这个资格的背后需要掏空两个家庭的积蓄，也会赌上未来的不自由，就会让人卡在这里，进也不是，退也不是。这是非常现实的一个方面。

而另一个方面则是我发现如果我继续留下来的话，我的未来不过是对过去的不断重复，就是一种"内卷化"，如果得不到升华就是停滞不前。这个方面也让我很迷惘，是该继续还是该做出一些改变呢？所以我觉得要暂停一下。

少：那又为什么是昆明？是因为喜欢昆明吗？

我：又是非常机缘巧合和现实的原因，K在昆明有一套房子，租客和我们差不多时间到期，那边的生活成本相对而言比较低，在我们没有任何固定收入之前，这样的一个选择相对比较从容。

说实话，我对昆明没有到喜欢得不行的程度，如果离开北京，我想去的地方是类似上海这样的城市，但这个时机确实是不合适的，所以就先暂定昆明。

少：离开北京，你的内心有没有过波涛汹涌的时候呢？

我：这样吧，还是让我们合并在一起吧，我想好好说一下这部分了。

要离开北京，我的内心像海水掀起狂浪，千丝万缕的念头如小螃蟹抓住了我，我一直在想通和想不通之间来回切换，一瞬间好像想通了，对我最重要的是我爱的和爱我的人，我们共同营造一份想要的生活，一份惬意的、不用过分紧张的、有产出的生活，那离开北京是势必会发生的事情；一瞬间似乎又想不通了，别人都没有离开北京，为什么我要离开？我是不是还可以救一下，是不是还有机会呢？

我的脑袋里每天都有两个小人儿在拉扯：其中一个充满了不甘，充满了未能达成世俗意义的"成功"的遗憾；另一个又理性地劝服它，告诉它看似"机会众多"，可是那些机会是真的属于你的吗？

《穷查理宝典》里，芒格总结了25个心理学现象，其中有一个让我沉默了很久,是"被剥夺超级反应倾向",意思是,如果有个人即将得到某样他非常渴望的东西,而这样东西却在最后一刻飞走了,那么他的反应就会像已经拥有了这件东西很久却突然被夺走一样。我要离开北京,心里的那些千回百转,很重要的一个心理可能就是这个。我似乎马上就要拥有北京了,一要离开,就像北京被人夺走了一样。但我们戳破各种幻象来看现实——我们,或者说我,从来没有真正拥有过北京。

我想到王小帅导演在《薄薄的故乡》里写到他对北京的感觉:"你来到这里,你知道你是一个外乡客,所以你努力地讨好它,让它知道你的到来,让它接受你,可是有时候它就像眼前的这个景色,它在那里,无所谓你的讨好,自顾自地彰显着它大城市的庄严和淡定。"

可能这就是我们很多人的感觉吧。有些微的悲伤,但也无须过分悲伤。

我不知道我对北京真正的热爱有多少,我记得的全是一个个片段。不长不短的六年时光里,在北京的日子是由一个个记忆中的片段构成的,有时候想一想,短暂又漫长的人生应该也是由这样或那样的片段构成的。人的一生整体而言是痛苦的,但就是那些记忆中的吉光片羽才让人生显得没那么难过。

我记得第一次来北京,心情忐忑地坐在公交车上,仔细听着北京阿姨报站,北京话真好听啊!

我记得我花了八百块找中介租的房子,仅仅为了找一个住的地方,我的脚底磨起了水泡,发在QQ空间的时候颇有一种英雄气概。那间房子很小,只能摆放开一张一米的单人床和一张小桌子,是早年拆迁小区顶层复式设计的楼梯隔间。现在回想起来,我可真勇猛，这么差劲儿的条件，当年竟然甘之如饴。早上六七点起床还要再自学一个小时日语，然后坐一个半小时的公交车倒地铁去上班。但我很怀念那个一无所有、心无杂念的自己，想给她一个拥抱。

住在这个房间的第一晚发现门锁是坏的，马桶是堵的，卫生间还没有灯，我那时还没有学会报喜不报忧，给爸妈打了电话。结果第二天一家人开车来京"救"我，爸爸给房间门上了锁，妈妈带了一大罐自己剥的核桃，哥哥和侄女也来了，我忘记他们是怎么说那个房间的了，只记得之后的几天我们一家人玩得还算开心，这就足够了。

我记得我在那间房间里过的第一个生日，因为当时一个人吃不完一整个蛋糕，就简单买了点儿喜欢的小吃，类似凉皮、凉面那种，在小卖部买了打火机和蜡烛，回到家里把灯关掉，点起蜡烛，象征性地给自己过了一个生日。

搬离那里之后，晚上不太想早早回家一个人待着，就会在一个十字路口买一个小哥的铁板烧作为晚饭，然后跟远在广东的朋友视频聊天，我们虽然都没有说感觉很惨的话，但大家低头沉默不语和尴尬笑了笑之后掩饰的神情，我就知道每个人都过得没那么好。

但也不都是悲伤的记忆。虽然苦了点儿，但是每周末我都会告诉自己"你要去探索这个城市""去找和这个城市的亲密连接点"，于是我跑了很多有趣的书店、博物馆、美术馆，偶尔也会报名参加一些活动，适当让自己不要闲下来，不要想那么多。

那时候我和初来北京时在青旅认识的一个男同学小王关系不错，这些探索我们都是一起的，但之后在各自的工作中忙碌起来，这样的机会越来越少，我们的关系也越来越淡，直到后来，好像就在人群里走散了，但偶尔看他朋友圈的状态，他过得还不错，这就够了。

第一、第二年,我就是在这样穷困潦倒,同时也充满了自制惊喜的日子里度过。

我将那些孤单的日子一字一句写了出来,剖开自己的内心,让陌生人来观看,写了一本《万一我们一辈子单身》,有的人觉得是"鸡汤",我一度很委屈,觉得自己像《封神榜》里的比干,我都把自己的心剖出来给你们看了,我的诚意摆在眼前了,却还被认为是略显粗鄙的"鸡汤文"。不过之后我也想通了一些,东西摆在那里,别人如何评论那便是别人的事情了,看不到我的真心也没关系,一定会有人看到的。

第三、第四年,我换了几份工作,薪资待遇有了明显的提升,对北京渐渐生出一种当家做主的心态。

我不再将这个地方当作异乡,每次从外面回来,讲起北京都是"回北京",这里似乎变成了我的地盘。

我体验了新的东西,蹦迪、通宵玩闹、买醉、出国旅行、滑雪、周边小镇度假……我也被各种媒体吹捧的那种生活方式蒙蔽了眼睛,买了一大堆化妆品,买了一大堆衣服,希望自己也能成为都市丽人中的一员,每天买几十块钱的咖啡,从之前只是周末的调剂到每日刚需。

我曾在大望路附近上班,当我看向那些奢侈品的时候,我知道那时候除了口袋紧张,眼神里应该多了一点儿渴望吧。但同时也是无尽的空虚。

不能说是错误百出的两年,我只是摘取了一些片段出来咀嚼一下。不得不说,生命体验得到了极大的拓展,也对这座城市更加熟悉,有了各种各样的朋友,似乎有了更大的生存权利,单纯的痛苦少了很多，滋味变得复杂起来。

我敢说我在这个城市有了一席之地吗？当时是有这样的感觉，包括现在也会这样觉得，但是这一席之地一定无法支撑我留在北京。

之后的我渐渐觉得哪里不太对，原来是我的信用卡和各种"花呗""借呗"已经债台高筑了，幸好没有越积越多，不然怕是会被折磨死吧。在京三四年，没有过多的积蓄，反而欠债了，这可如何是好？

好在，我收获了一位极其优秀的另一半，我们不仅仅是灵魂共振的知己，也是互相帮助的队友，跟着他的脚步，我开始审视我的消费行为，及时止损，设置容易实现的还钱计划，花了一年多的时间终于把窟窿眼儿堵住了，最近一年都无债一身轻，压力会减轻很多。所以年轻人，千万不要被消费主义、欲念迷住眼睛，千万要量力而行。

没错，现在即将离开北京了，我发现我最大的收获是K。好在我没有放弃，没有在他转头想要追逐其他幸福的时候也向反方向走；好在我只是想要做个付出的"傻子"，不过多计较付出后的回报，才让我的爱更纯粹一些。我知道收获爱情是一件非常凑巧和偶然的事件，所以我无比庆幸——幸好我收获了。两个人一起对抗生活的各种痛苦，确实比一个人要轻松一些，至少其中一个顶不住了，另一个还能再支撑一会儿。

我们在西藏游玩的时候，跟着当地的藏民一起转山，在半山腰偶遇了一位老先生，便闲聊起来。我们聊到幸福，聊到两个人如何相处，他说了两句话是值得我再写一些东西的。他说："两个人在一起就要彼此解决对方的痛苦，这样才能长久""我们的痛苦其实都是需要得不多,但想要得太多了"。听到这些的时候,被那种虔诚的气氛围绕,我不知道为什么就流下了眼泪。

我想这是离开和出行的意义,只不过想要找到一个幸福的方式。我们目前的方式是两个人互相支撑着对方,暂时换个地方生活。

见过一些被迫离开的人,大多数孤身一人来,再孤身一人走。还有些已经结婚生子的夫妇,孩子无法在京读书,不得不返回老家,离开奋斗了很多年的北京;也见过一些留下来的人,留下来的过程可谓扒了不少层皮,现在呢?有的每月被房贷拖着,不能不上班;有的孩子上学,进不了公立学校,就花巨额学费读私立,生活苦不堪言。我不敢说哪种更幸福或更不幸,每一种情况都有其独特的原因,选自己能接受的、舒服的就好了。

几天前,我不知不觉流了一晚上眼泪,也不是非常难过,也不是非常心酸,但眼泪就是一直不断,我也不知道原因,像和恋人分手的前夜,已经知道结局如何了,但还是忍不住哭泣。

这几天一点点地卖出一些带不走的物件,看着住了四年的房间一点点地变空,我好像知道这是个不可逆转的过程了,住了四年的房间啊,得装着我多少失眠、欢笑和眼泪啊。

我昨晚读了一篇木心的文章:"哀愁是什么呢,要是知道哀愁是什么,就不哀愁了——生活是什么呢,生活是这样的,有些事情还没有做,一定要做的……另有些事做了,没有做好。明天不散步了。"明天不写文章了,现在先这样吧。

我对生活
有些不太成熟
的想法

嘿，你是小张或者小李？你好。今天我们来聊聊生活的模样吧。

你可能刚刚25岁，或者连25岁都没有；你可能身处在一个看起来很精彩的环境，做着一份很精彩的工作；你可能在时尚圈或者娱乐圈，抑或影视圈或其他什么圈。圈是一个奇怪的东西，圈就是个围城。钱锺书早就说过了，"婚姻是一座围城，城外的人想进去，城里的人想出来"，当然我这里指的不是婚姻，是我们看到的生活的很多个方面。

在这样一个年纪，你对生活的模样做的注解，可能是在外的自由，需要靠近各种厉害的人，是见识更广阔的世界，是在大城市里奋进、没命地拼搏，并为此放弃一部分生活，那部分生活可能是春天去赏花，夏天去海边，秋天看看枫叶红了的样子，冬天躲在温暖的房间里看窗外的雪又下了几尺厚。因为你明确地知道你需要更多的见识，所以你舍弃了这些。同时你可能觉得不跑出去见识厉害的人、广阔的机会，生活立马会走向平庸，走向人生既定的道路——老婆孩子热炕头，一直到死去。这就是你眼里的、你不太想要选择的"稳定安逸"的生活吧。

我承认这一部分没有错，王小波还说："那一天我二十一岁，在我一生的黄金时代。我有好多奢望。我想爱，想吃，还想在一瞬间变成天上半明半暗的云。"非常非常美，对不对？我也一直这样奢望着，我可不想过什么"安逸生活"，我想要激烈的生活、轰轰烈烈的爱，最好还有用不完的钱。

但你知道王小波接着又说了什么吗？"后来我才知道，生活就是个缓慢受锤的过程，人一天天老下去，奢望也一天天消失，最后变得像挨了锤的牛一样。可是我过二十一岁生日时没有预见到这一点。我觉得自己会永远生猛下去，什么也锤不了我。"可能王小波想通的时间早一些，他将这个前后变化的年龄界定在二十一岁，而我是最近两年才这么觉得的。倒不是觉得"生活是个缓慢受锤的过程"，但我也切实觉得"奢望一天天消失"，因为人越是过得久，越会发现有很多事情都蒙着一层美丽的假象，让人们去幻想、去追、去奢望，可实际的真相冷冽得可怕——需要敲开它的美丽假象才能看得到。

所以我现在拨开了几层假象，我觉得我需要生活，而不是虚妄的自由、奋进、拼搏，同时生活的含量在降低。我知道这样可能会让更年轻的人觉得"她没救了，她要逃离了，她即将迎来稳定安逸的人生，她的孩子马上要参加中考，她要开始慌张地选择孩子应该去哪所大学，并且准备去跳广场舞了"。

但我转身就想要反驳，想要呐喊，我想说的是："生活的模样千变万化，我们只窥见其中一二，尚未看到它的全貌就对它评头论足，这不行。"

我现在也没有看到生活的全貌，但我已经知道，年轻的时候，我如你一般对生活的模样有那样的理解，其实多少存在一些偏差和疑惑。那些自由是真实的吗？不全是，远离了家人的关注目光，看似自由了一些，但背后的真相可能是你正在拼搏的城市并不真的在乎你，它不会管你来自哪座县城，既然不在乎，那就让你自由。那些厉害的人，广阔的行业前景，都和自己发生关系了吗？扪心自问不全是吧？当然这里允许反驳，能接触到一些厉害的人，似乎自己也会变得厉害，但于我而言，我更想成为那个厉害的人本身，而不是她身边的某位工作人员。你喜欢璀璨夺目、光怪陆离、精彩纷呈的外部世界，这个更没有问题，因为在这样的年纪，大家都喜欢，我也不例外。只是我渐渐知道了，精彩纷呈不会一直持续，人是需要向内走、向内看的。这样才算是真的自由吧。

其实也不要狭隘地去理解所谓的"稳定安逸"，我相信人各有志，我相信一定有人喜欢这样的生活。我的朋友中就不乏这样的人，她们可能是老师、公务员、全职妈妈，可是我看她们依然在过自己想要的生活——努力地抚养孩子，和另一半和睦相处。我知道她们对生活肯定有不满，也许会羡慕我们还可以在外拼搏，享受这种奢侈的自由。但真的换作她们，会选择放弃安逸和稳定，去换一间性价比不高的出租屋，和一个内卷化严重的"打工人"身份吗？

这样也没什么不好，只不过这不是你我想要的而已。而我与北京暂时分手，也不是要立马走入这样的生活。我只是觉得在这里生活得差不多了，人生肯定还有不同的生活方式，肯定还有不同的风景、不同的朋友等待与我相遇，肯定还有其他可能性。

我不想再垂头丧气地坐在地铁上，看着别人也是一样的垂头丧气，不想回家就躺在沙发上，把刷手机当作唯一的休闲娱乐。

我不想把本应该享受的生活，当成对辛勤工作的"背叛"，好像别人都在兢兢业业，而只有自己在赏花赏月，像个异类。

我也不想每天无病呻吟，为社会创造没用的精神垃圾。我想去经历，我想我的人生真的开出花儿来。

不要做一个懒人，不要害怕去戳破生活的假象，也不要害怕去面对真正的生活，不要为了惯性而活着，不要不进步。

罗素早就说过，"参差多态乃幸福本源"。参差多态的，才叫生活，它不能只是简单地追逐同样的璀璨，穿同样的牌子，实现同一种价值，用同一种方式生活。每个人都一样，哪儿还有趣味可言呢？

允许有的人去追逐那些璀璨，就允许有的人去守住一亩薄田；允许有的人爱好、志向与大多数人不同，就允许有的人是那些大多数；允许有的人想要多生几个，就允许有的人一个都不想要……这些都没什么问题，每一种选择自有它的乐趣在，无碍我们，就随它去吧。

每个人都说要活得更像自己，那就不要被俗世干扰，不要由其他人来告诉你生活应该要怎么样，而是让自己去指导自己的生活。

蔡澜在书里写道："暂居在这世上短短数十年，凡事不应太过执，眼见愈来愈混乱的社会，要是没有些做人的基本原则，更不知如何活下去。"而那些做人的基本原则，也是需要我们在生活中慢慢体悟、慢慢整理的，可是前提不得是去生活吗？

不得是春天的时候去赏花，带着父母，看他们露出孩子般的微笑吗？

不得是夏天的时候去海边，扔掉衣服，跳进海里游泳、吐泡泡，但是一定注意安全吗？

不得是秋天的时候看枫叶红了，想起某一年也和什么人一起看过，而你们虽已不再联系，但感动常在吗？

不得是冬天的时候看窗外下着雪，手里握着暖水袋，脚丫子冻得冰凉，却伸向另一个人，把他冻得一激灵吗？

当然这些也只不过是我觉得生活该有的模样，你一定可以持保留意见，但只希望我们在各自的生活里过得愉快。

放弃比较，
快乐无边

离别前总要见见至亲好友，"朋友"这重身份是极其特别的，相处时间久了就有家人的那种滋味，不怕得罪对方，敢在他们面前开怀大笑、使坏耍贱。有人说，朋友是自己选择的家人，仔细咂摸一下，发现还真是这个味儿。

昨晚我就跑到小Z家，算是离京前的最后一次相聚。小Z问我要吃什么，考虑到难易程度，我选择了火锅，跟他解释说做菜太麻烦了。结果小Z轻松地回应："不麻烦，家里有阿姨，叫阿姨做就好了。"在屏幕这边的我一阵愣，小Z的生活已经发生这么翻天覆地的变化了吗？

小Z是我一来北京就认识的朋友，我应该提过很多次，我们以前像两个傻瓜，在我的印象中，他会在街上唱南京李姓市民的歌，动情处还会眼眶发红；我的感情受挫了，就会找小Z，最难过的一次我向他寻求拥抱，在他肩膀上痛哭流涕，可能鼻涕也流在他的肩膀上了，我们也全然不顾；我们在外面喝醉了，就直接回我家里睡觉，我和室友睡一起，他睡在我房间，第二天我的房间汗味冲天，他的臭袜子扔在地上，我嘴里嚷嚷着他真是不讲卫生，可是心里一点儿都不介意。这是我的"亲生朋友"啊，还有什么比这样毫无芥蒂、亲密无间地相处更让人舒心的吗？

后来，我们多少有些距离了，这个距离是自然而然形成的，我有了男朋友，他也有了女朋友，虽然我们仍然会约着一起出去玩儿，但像往常那样的放肆极少了。更大的距离可能是，他跟着前公司的老板创业，获得了小小的成功，而我只是一个小头头儿而已。这种事业上的差距，偶尔也会让我觉得我们真是越来越不同。

差距最直接的体现是，他租的房越来越大，昨晚我们去的那个房子都算是一个豪宅了，上下两层的复式，有钢琴，有满墙的书。他现在有了阿姨，照顾他和女友的起居日常，洗衣、做饭、打扫卫生。他的女友也在创业，不到一年的时间，月均收入早已超过以前上班时期。

这些差距是非常明显的。我偶尔会心痒痒，同样是人，为什么我没有过上这样所谓的"中产生活"呢？

比较令人痛苦的事情是，每每想起我与小Z的这些差距，我都会感受到自己是世俗之见里的"失败"或者"赶不上趟儿"——同样是来北京奋斗的外来者，同样朝九晚五地去工作，同样的起步点，朋友起飞了，而我不过是刚上了一小级台阶就选择要换个台阶。与那些生来就衔着金钥匙的人相比，意义不大，毕竟那样的差距是一出生就有的，最令人痛苦的是，和自己差不多起点、差不多开头的人，明明大家一开始都一样啊，怎么现在就有这么大的不同了呢？这种感觉特别差劲儿，让我充满了挫败感，我像龟兔赛跑里的小乌龟，看到欢快的兔子跑到前面，而我还在慢慢爬，那什么时候是个头呢？

我当然希望我的朋友们都幸福，当然希望他们幸福的同时不要忘记还有我这样的一个朋友，我偶尔会酸，但我也会甜甜地祝福他们。所以请不要误会我在讲朋友的坏话，我只是想要治疗一下自己

"偶尔爱比较"这个毛病。

但我其实知道治疗的方子是什么，那就是：放弃比较。

在西藏游玩的时候，我们遇到的藏族同胞几乎都信仰佛教，他们每天会花费大量的时间来诵经、转经筒、转寺转山，衣服破了也无所谓，转渴了就喝水，看到城市里来的那些衣着光鲜亮丽的人也不投去艳羡的目光。我想，他们没有太多的比较心吧。因为没有比较心，所以他们看起来非常祥和、圆满、自得其乐。

看到他们的时候，我第一眼会诧异，第二眼会敬佩，第三眼会憧憬，什么时候自己也能有这样的境界，放弃和他人的比较，放弃无谓的竞争，让自己快乐无边呢？什么时候自己可以安心地做一只慢慢爬行的小乌龟，不把目光投身在兔子身上，它跑它的，我就慢慢爬也不会差到哪里去，什么时候能做到呢？这真是一个问题。

比较是个无情的小偷，它会把光明的事物偷走，把不光明的事物留给我们。它会偷走我们的自信，只留下自卑给我们，明明减肥成功，但比较还是让我们把眼睛投向那些更瘦的、身材更好的女孩身上，世界虽然不能都围着漂亮女孩转，但比较令人难过的一点就是，不知道为什么，我们就是忍不住去和那些女孩比较，然后自信没了，觉得身体哪儿都有问题。它还会偷走我们的勇气，为什么另一个同事的方案屡屡通过，自己的方案却总显得没有创意，我们有没有勇气做优秀的那一个？比来比去，勇气没了，因为我们永远做不成别人。它还会偷走友善，我们在心里做比较的那个人真是讨厌，为什么会有他的存在，让自己这么痛苦呢？但别忘了，这样的痛苦都是自己带给自己的，如果放弃比较，把眼睛看向自己，就不会成为比较的奴隶，让其中酸楚折磨着我们。

它如此无休止，因为周围比我们好的人太多了，我们比完这个，还能再找到下一个可以比较的人，但这样真的太难受了啊。

这背后隐含的其实是一个人无休止的欲望，我们在西藏碰到的大叔说得好："人们其实需要的不多，但想要的很多，痛苦油然而生。"我们比较来比较去，无非是因为心里的欲望无休止地告诉我们，还可以更多，还可以更好。

但这样就更痛苦了。

如果我一直观看我的朋友，小Z算一个，我还有别的朋友在北京买了房子，还有别的朋友考上了我心仪大学的博士，还有别的朋友迁居英国……这样看下去眼睛是会累死的，心也会被折磨死。

放弃比较，生活就会快乐无数倍。然而放弃比较不是心安理得地无所作为，而是将注意力集中在自己身上，只关心自己有没有变得更好、跑得更远就够了。如果想要变得更瘦，只看自己有没有坚持跑五公里、坚持吃健康的食物；如果想要变得更有学识，只看自己有没有认真读书，有没有培养自己的独立思考能力……诸如此类，把更多的注意力放在自我成长上，而不是与人无意义的比较。当然，我提倡适当地比较，这会提供一些奋进的动力，我反对的是无意义的比较。

如此一来，真正的快乐才会给自己的生活供给能量。所以特别奉劝我自己：放弃比较，快乐无边。比较是无休无止的，既然做不成那个跑得快的兔子，就做爬得缓慢的小乌龟，总有能爬到终点的那一刻。

建议凡事还是看开点儿

不知道你有没有听过这样一个故事,我怎么想也想不起来,最后终于查到是来自辉姑娘的一篇文章:

故事的开头是一个女生非常普通的一天,早上起床发现家里停电了,于是不能洗漱,无法热牛奶,草草打扮就出门,心情指数掉一格;走进电梯,与邻居的小狗热情相拥,但白色的裙子印上它黑色的爪印;开车被交警查,原来今天限号;到公司开会,老板正在宣布人事调动,自己的职位被另一个不学无术的人顶替;午餐时分,接到重要客户的电话,对方取消她负责的、金额最大的订单,也就意味着她的年终奖泡汤;接到另一个电话,她的妈妈告诉她姥姥住院了,病情非常危急;暗恋对象也发来消息说自己很快要结婚了……一切听起来都是那么糟糕,她下班,走在路上,出租车拒载,穿着高跟鞋的脚疼到不行……

如果只看这一连串,她这一天简直糟糕透顶,换作一个心理承受能力差的人,有可能会做出什么过激行为。生活的不快就是被这些或大或小的、讨厌的事情堆积起来,形成一座沉重的山,压得人喘不过气。

可故事还没有结束。有个好心人看到她,听说她就住在附近小区,便载着她一起回家;取消订单的客户打来电话,听说她在公司的遭遇,邀请她来这边的公司试试,早就想要挖她了;那个暗恋对象就等在她家门口,说要和她求婚;早上遛狗的女邻居听到她回来,告诉她今天这里的电闸坏掉了,已经叫老公帮忙修好了;而那个向她求婚的暗恋对象,决定陪她回老家看望姥姥。

故事这样才真正结束了。本来看起来糟糕的事情,每一件都足以让成年人瞬间崩溃,可是很多事情走到最后,也许结果又是另一个面貌。那么,建议大家凡事往好处想,凡事看开点儿。

我怎么想起这个故事的呢?还是要说回我离开北京这件事儿。我对离开北京后的生活产生了非常多不好的设想,包括但不限于"没有钱"。我有非常多的担心,在新的地方没有朋友,如果孤独寂寞又不是很想要和另一半在一起,该怎么办呢?如果我尝试努力融入新的地方,但是发现还是不喜欢它怎么办呢?如果这里并没有我想要发展的事业,激发不了我的灵感,我从此变成一个不再写字、不再敏感的人怎么办?

这一堆悲观的念头像苍蝇一样围着我转,我把它们赶跑了,它们就再跑回来缠着我,烦得要命。

表面上,我似乎是个"乐天派"——现在讲"乐天派"不知道是不是个过期的玩笑,但人们还是喜欢被这样评论,有一种天塌下来也不怕的感觉,比较酷。而我呢,一直是个爱笑也爱逗人笑的人,我常幻想自己变身成一朵向日葵,先从阳光那里继承了它的光与热,然后我再笑给大家看,让大家也能染上阳光,驱散阴霾。

但我内里不知道算不算悲观主义者,想事情会先想坏处,因为我总感觉这样去思考问题的话,日后但凡发生了好一点儿的事情,都会成为比原先想象中好无数倍的事情,一点点的开心也会被放大无数倍。写到这里,好奇心驱使我去查一下到底什么是"悲观主义",免得给自己戴上一个自己都不知道颜色的帽子。在百度里,"悲观主义泛指对宇宙、社会、人生悲观失望的态度、观点和理论""认为世界变幻无常,人注定要遭受苦难,因而陷入悲观绝望,甚至生不如死……"我的老天爷,看得我触目惊心,下一秒如果不从十八楼跳下去是不是都对不起"悲观主义"?这么看来我不能算是悲观主义了,我顶多就是"看世界带着悲观"。

虽说整体而言是带着悲观的眼神来凝望世界,但生活不能总是"冷冷清清,凄凄惨惨戚戚",如果这样,是个人都要逃跑的,怎么奢望别人留在自己身边呢?也许这是我表面乐观的一层考虑,希望用光和热来吸引人家待在我的身边。

所以我老告诫自己,别老把事情想得那么坏,一定有其他的好是可以发掘出来的。好了,我现在要换到一个乐观主义者去思考"离开北京"这件事情了。

未来要去的城市一定那么差吗?不是的,世界上那么多人,难道只有北京这一个城市?其他城市的人难道就不活了?都挤到北京,难道其他城市要变成空城吗?想想都不可能嘛。

未来要从事的行业是只有在北京才能满足的吗?当然也不是。我曾经非常想要从事传媒或者广告行业,最终我从事的更多的是偏向广告的行业,可要说终身去做的工作,也不是非广告不可,我更可能是自己创业。在互联网这么发达的时代,如非必要,也不一定非要驻扎在北京不可。

未来自己的生活一定更坏吗?那就更不是了。我不会允许自己变得失控、堕落,内在的自我驱动力就促使着我,得让自己越来越好。至于怎样算越来越好，至少不是焦虑不安，踩在虚空的棉花糖云彩里，离真正的生活两万五千里。

"任何人只要诚实地看看生命，就可以发现我们经常生活在悬疑而模糊的状态中。"诚如《西藏生死书》里看到的这样一句话，我只是不想要自己的状态变得模糊和混乱而已，所以我才会担心做出的选择是否正确，会让自己暂时地陷入混乱之中。

所以凡事往好处想，凡事看开点儿，并不单单是为困境开脱，而是不论往不往好处想，生活都是一团狗屎，我们总不能踩着它过去，总得想点办法绕开或者铲除它吧，这样才不至于让自己总是陷入痛苦之中。

我超级佩服我的一个朋友X，她永远有能力把事情想开点儿。前不久，她爱人打篮球习惯性脱臼了，可能因为脱臼的次数有点多，需要在医院待几天，而她还需要备考当地的初中语文老师，复习正在紧要关头，因为这是她主动辞职后少有的、看起来不错的机会。如果是我陷入这样的混乱当中，我可能哪一样都做不好，可是她乐呵呵的，既照顾了爱人又应付了考试，虽然结果是她并不是超人，没有办法同时做好两件事，考试的结果差了一点点。但她一扫悲观的情绪，兴高采烈地告诉我："我只和第一名差了一点点哦，可能她运气比我好，但我把他照顾得很好，所以考砸了也没什么。而且别看他受伤了，刚刚好陪我的时间多了很多，不然他老要出差，我一个月都见不到他几次。"

如果问她你怎么这么想得开呢，她肯定会说："想不开还能怎么办呢？日子不总得往前吗？"

总有人有这样的能力，能把那些悲观的、备感压力的"坏事情"拥进怀里，再把它们翻个面儿，转换成乐观的、可能有解决方法的"好事情",再扔回给生活。而我,也想要让自己在这方面做得更好。

当然你一定听过一个更古老的故事,在我们每个人的语文课本里:"有个老人,名叫塞翁。有一天他走失了一匹马,邻居都跟着着急,可是塞翁却不急,还劝慰邻居,说不定这是个有福气的事情,结果那匹丢失的马儿带回另一匹良驹……"其实讲到故事的开头,没有人会不知道这是"塞翁失马"的故事。

坏事也不一定全然是坏事,而看得开的人一定能看到其中好的部分。我们看似丢失了一匹马,但怎么知道下一秒它不会带着更大的好消息给我们呢?

生活中就没有容易和简单的事情,凡事还是要千万看开一些呀,我的朋友。

说到底，
人骨子里
还是感情动物

知道吗？
你我努力地追逐理想生活，
努力的样子本身就很耀眼了。

毕生追求
爱与自由

爱情这玩意儿，真俗！

> 正因为我们在劫难逃，万物显得更美好了。
> ——荷马《荷马史诗·伊利亚特》

我有个男朋友K，关注我的朋友应该都知道的。

我们2014年年底认识，2015年深交，2016年暧昧，2017年下半年才算真正在一起，直到现在。很多朋友问我们缘从何起，听到我可以一直追溯到这么久以前，以及我一直用自己的方式默默靠近他、守候他，大家都嗟叹："嗯，你真是一个有毅力的人。"

你说世上怎么会有这么奇妙的事情，彼此都不是彼此的理想型，却能在一起融合得这么好？"在一起"这三个字像有魔力，我们在一起后，就把各自之前的那套"理想型标准"都抛弃了，因为现在要在一起的人才最重要。

在我的意识里，我们的关系是多重的——朋友、哥们儿、亲人、情人、未来的伴侣、未来孩子的父母。

朋友的身份使我们价值观趋同，可以求同存异，和而不同，我知道他极不喜欢我每次网购都问他"好看吗""我买这件怎么样"，他觉得我是被消费主义冲昏了头，但他仍然尊重我按自己的意愿购物的权利;哥们儿的关系,让我们可以玩儿到一起,每个周末我们都会凑一个下午去运动,一起打棒球或一起游泳,以前我是个怕水的人,5岁学游泳,至27岁前都没学会,现在居然也可以畅游几圈;亲人的关系教我们彼此照顾,我们是异姓的家人(虽然还没结婚呢),他知道如果他罹难,我会陪着他一起度过,如果是我罹难,他应该跑得比谁都快(哈哈当然是个玩笑话);他是我最珍视的情人,深深吸引着我的注意,我在地铁里观察过他,明明平平无奇的一个人,究竟是怎样的魔力……

我在一篇文章《万一我们一辈子单身》里,描述过一种我理想的爱情状态:"我崇尚一种自然舒适的情侣关系,两个人腻在一起的时候就柔柔蜜蜜地相爱,做尽情侣间该做的事情,牵手、拥抱、亲吻,用力地相爱,平静地生活。不腻在一起的时候,就守在各自拥有的空间里,做自己的事情,阅读、健身、增长见识、会亲访友。"木心说:"最好的生活状态是冷冷清清的风风火火。"我觉得爱情的状态也应该如此,冷冷清清地保持自己的孤独,远离喧嚣;风风火火地坚持对事物的热情,追求所爱。

而我们也真的努力达成这个状态。我觉得我们越来越像两条河流,找到了同一个入海口,汇到一起,而后交融,一起奔到大海里。这是很高兴的一件事。

以前总有陌生的朋友私信我,他们叙述自己在情感中的种种困境,悲伤溢于言表,隔着屏幕好像都可以听到他们心里的哭声。他们总在询问我:什么样的关系是好的关系?什么样的感情是好的感情?

我回答他们的时候,也是在回答自己。在我这里,我觉得好的感情是：在彼此的眼里，我们都在做最好的自己。其实在一起的要义，最最重要的，是两个人都能在关系中活成最好的自己，若非如此，那就要考虑这段关系是否值得继续了。

我不敢说我们这样的关系就是好的关系，只能说我们正以一切向好的方向在前进。

我们像两个孩子，在彼此面前放下防备，放松地做自己。我永远像小S一样疯玩疯闹，说些没头没脑的话，毛手毛脚，像毛头小子，失意和沮丧的时刻都留给了K。有一次，忘记是什么事情，我被惹恼了，当然原因也不单单是K，当时工作上也有些困难，各种事情积在一起，越哭越伤心。K则取笑我，把我的丑样子拍下来，360度各个角度绝不遗漏，哭到最后我就没劲儿了，与K一起看刚刚哭鼻子的我有多丑。K在这种时候，更像是大地一般托着我，让我不至于因为离心力太强被甩出去。K充当的角色除了是我的大地以外，更多的是一个爱讲笑话、呆呆傻傻、自恋十足、贱兮兮的男朋友，总会讲些没头没脑的笑话，而我总能被逗得喘不过气。

我想起有个小故事："一对新婚夫妇在结婚现场，主持人问男方：'是在什么瞬间让你下决心要娶眼前这个女生？'男方回答说：'某一次聚会，我讲了一个笑话，全场只有她一个人笑了，那一刻就下定决心一定要娶到她。'主持人再问：'就这么简单？''对，就这么简单。'"其实选择一个人有时真的就这么简单，那天他身上的香皂味儿，那次他帮忙推了一下行李箱，这背后都藏着一个道理：我们发射出的独特信息，只有那个人接收到，于是，就是他了。

爱情这玩意儿，真俗！它让那么多神仙瞬间落入凡尘，写些甜腻腻的话来取悦爱人。王小波那么灵气逼人的一个人，都会说"你真可爱,让人爱得要命",徐志摩这么个大诗人,都败给爱情,用各种"酸酸"的落款给陆小曼写情书。爱情又是多么美好的事情,让人日思夜想,奋不顾身。

廖一梅写过:"有了爱,可以帮助你战胜生命中的种种虚妄,以最长的触角伸向世界,伸向你自己不曾发现的内部,开启所有平时麻木的感官,超越积年累月的倦怠,剥掉一层层世俗的老茧,把自己最柔软的部分暴露在外。因为太柔软了,痛楚必然会随之而来,但没有了与世界、与人最直接的感受,我们活着是为了什么?"

我们活着是为了什么?不是理性、电脑和其他各种物质条件,而是感性、情愫、面对面交流。

呸,爱情这玩意儿,真俗!害我写了一篇情情爱爱的文章,但也乐得高兴,毕竟以后回忆起来,这些都可以为我做证。就像《荷马史诗·伊利亚特》里讲的:"正因为我们在劫难逃,万物显得更美好了。"

在一起
就是要和你
吃很多很多饭

  前几天我看到一句话，出自约翰·欧文的小说《独居的一年》："当你找到爱的时候，也就找到了自己。"有好多人为了找自己，大费周章，千回百转也还是找不到，大概都是因为没有找到爱吧。而找到爱的过程，又是如此艰辛，以致很多人就此放弃或妥协。这的确是一件无力的事情。

  上周去找前同事吃饭聊天，我们三四个人围坐在火锅桌前，女人嘛，凑桌吃饭不是聊购物就是聊感情了，购物也无非是那几样，感情自是重头戏。朋友之一说感觉我现在不像一年前那么毛糙，变得更平和、更舒服、更安定，认为是因为关系经营得还不错的原因。我也深以为意，吞下一口饭的时候在考虑他有没有吃饭、吃的是什么呢，操心一如对方的老母亲。

  想起《忧伤的时候到厨房去》里面说："厨房是母亲的乳房，是爱人的双手，是宇宙的中心。"在远不是爱人的时候，讨厌厨房的我，已经因为对方在厨房忙着给自己做饭的场景而产生深切的依恋。自此觉得做饭、吃饭——人生中再普通不过的事情，变得有些不同了。讲实话，他一直不知道为什么我会因为做饭这件小事就爱得深切，以至于在之后的两三年中，我遭受再多不公正的待遇，都觉得可以过去,并相信一切难过的事情都可以过去——可能是因为爱得更加深刻了吧。

最近他去新公司上班,下班的时间比我晚,晚上就需要角色对换,我来做饭,掐着他回家的点,让他刚好到家能吃上一口热饭。有天晚上,我只是做了两个素菜,做完时他刚好到家。我边吃边讲,好像终于明白为什么我会因为做饭这件小事就爱得那么深了。于我而言,是因为这其中的安全感,知道家里有人等候,知道自己不会一个人吃冷饭,知道无论到哪儿都有牵挂,而这份安定能让自己更自由地生活。很多人怕处在关系中会受到牵制,大概是缺安全感吧。但安全感这个东西,你要信就有,不信就没有。

我喜欢的歌里唱道:"我最喜欢和你一起发生的,是最平淡、最简单的日常。面对面看着彼此咀嚼食物,是最平静、最安心的时光。"生活里哪有那么多惊涛骇浪,要过得跌宕起伏、狗血连天的概率,大概是万分之一。所以那些细微之处,才最让人动心。很多人回忆从前的时候,都会想起和旧情人的那些生活小事嘛。

田馥甄在歌里唱:"怎么能放心地烫平谁平凡的衬衫。"但是我愿意啊,我愿意安安静静地做这些小事,一遍一遍。

有次我想做可乐鸡翅,结果没做熟不说,还能渗出血,自己做的东西最后一口没吃,但他都吃完了,还说我这样做的鸡肉很嫩,只是下次要是做熟的话,口感可能更好。我一边觉得歉疚,一边下定决心下次要好好做。以前讨厌做饭的人,现在想要钻进厨房,为对方稍微用一点点心地准备晚餐。只是因为对方对我有期待,而我不愿意让对方的期待落空罢了。

在一起就是要和你吃很多很多饭，吃不被手机打扰的饭，甘心吃你不爱吃的饭，吃到两个人都胖了还能嘻嘻哈哈地打趣对方的胖。

之前想过以后要找什么样的人一起生活，给自己预设了很多答案，帅的、有趣的、审美高级的、能逗我笑的、让我生活无忧的……条件有很多，但最后发现答案其实很简单。

如果有人再问我要找个什么样的人一起生活，我会这样告诉他："找一个这样的人，你愿意安心坐下来和他一起吃饭，不用通过玩手机掩饰尴尬，不用担心你们之间短暂的静默，安心地看着对方慢慢吃完就觉得时光足够美好，就够了。"其他的附加值不过是让这个人在你心里的分量更加重而已。我们怎么成长，就是要在跌跌撞撞的人间，找个人共同进步罢了。

你知道，日常生活并不高明，但也并非谁都追得到的，既然追得到，就好好坐下来吃顿饭吧。

先找自己
再找爱

　　我对爱曾有一个认知，就是爱一定要猛烈、激动，要有时刻为之献身的觉悟，当你靠近爱的时候，你不是一个普通人，你是一个战士——为了爱披荆斩棘的战士。无论这个想法对或错，我都默默地坚持了很多年。

　　初恋那个男孩，是我极力争取来的，我暗恋了他不止两年，这中间为了追求他，做过一些激烈的事。为了引起他的注意，站在他的桌子上踩他的作业，回忆起来，可能是因为他当时和别的女生过于亲密，而我不知道该怎么告诉他我很着急，只好采取极端且不讨喜的方式，果然被讨厌了整整一年，彼此断了联系。至于后来在一起，那又是另一个故事了。而最后分开，他的理由有二：一是不想拖我后腿，二是我变了。

　　大学暗恋的男生，只跟我说我很好，我如果再好一点儿，就可以和他在一起了。他喜欢怎样的女生，我就试着去做一个怎样的女生，听话的、温顺的、看起来无害的，都跟真实的我自己有点儿差别，但我努力照做，就是想要靠近他的理想型。我想要追去他在的国家陪他读书，想着这样我们就可以在一起了吧，可是最后阴差阳错或者说命中注定的，没有。

漫长的青春里，暗恋占了大半的时间。喜欢过的男孩子都知道我喜欢他们，可总也没有回应。有回应的仅两个，先后成了我的第一、第二任男朋友，自此再没暗恋成功过。

彼时的我，并不知道问题所在。

工作一年后，我认识了K。K温柔、有才华、待人和善，没有意外的，我又爱上了他，于是开始了长达三四年的暗恋明恋大作战。我们刚认识的时候，我刚学会画眉毛，每个女生都经历过这个时期，眉毛画得像蜡笔小新，但慢慢地，会产生出身为女性的一种自信。

之后我换了两份工作，都在传媒行业摸爬滚打，周围的女生都太漂亮了，自卑没有意义，只有一件事情有意义，就是让自己也跟着漂亮起来。于是我开始了漫长的学习化妆、穿搭的旅程。

那段时间，我现在想来算是一个找自己的过程。我在错误的穿衣风格中慢慢了解自己，了解自己的身体，了解自己的喜好。比如我喜欢日系穿搭，但无奈我的身材属于微胖肉感型，穿不出那种骨感、清冷的感觉，所以每每尝试必是灾难。最后发现我适合酷一点儿又带点儿风情的风格，于是这么做，效果果然好些。

当我更熟知自己之后，也有助于让别人认识我。我在K的身边变得越来越自信，虽然一直都是我暗恋他，但他对我的欣赏也是溢于言表。

我算是个不太计较细节、比较自由洒脱的人，那我就不再掩饰自己，不再装得乖巧可人，不再明明不会撒娇还非要撒娇。仿佛自己变得真实、自信之后，身边的人会被这种能量吸引。当我找到自己的同时，爱也会找上门来。

有句话虽然说的人很多，但确实有可借鉴之处，那就是"你若盛开，清风自来"。先找到自己，再找爱，真正的次序应该是这样。这和很多人讲的"人要先自己爱自己，别人才会来爱你"是一个道理。

独立、自在、随性、勇敢，然后被爱。

好多人做着不真实的自己，把自己套在不合身的衣服里，追着所谓潮流却不考虑是否适合自己，留着统一的发型，把自己与众不同的一面藏起来。既然连自己都没有找到，那爱就更难了。

再回到最初的那个问题，我对爱的认知，是在"爱要轰轰烈烈，还是平平淡淡"这个问题中选了前者，但经历了好一番波折，我现在要修改一下我的答案——现在的我期许的是平平淡淡的爱，而这个答案是在我找到自己后得到的。

所以如果你还觉得自己找不到爱，需要再多想一个原因：你是不是还没找到自己？要先找自己再找爱。

我爱你
翻身抱我的瞬间

昨晚，我做噩梦，梦里两个坏人分别包抄我和K，我跑掉了，K却没有，之后便传来K已被撕票的消息，悲从中来，在睡梦中不可抑制地大哭起来。K被我"哼哼唧唧"的声音吵醒，睡意蒙眬间问我"是做噩梦了吗"，然后顺手把我搂进怀里。就这样，悲伤的情绪一下就消失了，在他的怀里继续安睡。

吃早饭的时候和他讲昨晚的噩梦，他笑我傻。

我很久没有秀恩爱了，不是因为没有恩爱可秀，而是因为说多了怕被讨厌，毕竟一说起来就会停不下来。这几天我反复跟K说些甜腻的话："在一起这么久，还是觉得好喜欢你啊""我怎么觉得你比之前更重要了"；或者在电梯间抱着他，一直讲"好喜欢你啊"。换作以前，我会比较隐晦地表达，但是现在没必要了，爱是遮不住的事情，身体可能不能随时随地在一起，但心会紧紧贴住对方，一秒钟也分不开。

上周末我出门办事情，好像是交往这么久以来第一次在没有K的陪同下出远门。按说我一个新时代独立女性，以往出远门都是自己计划行程，出行、住宿、餐饮也都能自己安排妥当，可这次少了他，却什么都做不好了——首先是容易迷路；其次是吃东西总是随便应付，偶尔还会饿肚子；处理事情也非常毛糙，总是出岔子。出现问题的时候，我第一想到的就是：啊，要是他在就好了！有一次急哭了，在马路上抹眼泪，给他打电话，听见他的声音，瞬间心情就好了很多。因为这种"一直有人在我身边"的感觉，真的很好。

我从来没觉得自己是个习惯依赖别人的人。但是就在这些瞬间意识到，原来我早就把依赖他当成了习惯。

我总是听到有人这么问："在你心里什么是最好的爱情？"我不知道，我的心里没有标准，但我觉得我和K的感情可以算是目前经历过的最好。

诗人骨头架写过一首很美的诗："我是个俗气至顶的人，甚至不能体会香菜和臭豆腐的美味。我见山是山，见海是海，见石头缝里开出了花，也只会说一句'哦，花开了'。唯独见了你，云海开始翻涌，江潮开始澎湃，昆虫的小触须挠着全世界的痒。你无须开口，我和清风通通奔向你。"这首诗很能代表我的心情。在我和K的相处里，最重要的就是为对方不讲求回报地付出。我觉得爱是一份礼物，有人喜欢你的礼物，有人则会礼貌拒绝你的礼物。我将我的礼物捧给K的时候，他是有迟疑的，直到他发现这份礼物是我不求回报地爱着他，他也就会好好珍惜了。

我们极少吵架，但有时拌嘴。拌嘴的时候，我经常输，然后就赌气躺在床上，他总会晾我一会儿，过一会儿才过来笑嘻嘻地哄我。我呢，其实在他晾着我的那一小会儿里，气基本都消了，自然不会再和他吵架——大概我们都不舍得让对方因为自己的过失而难过。

他做饭很好吃，在他的带动下，我的厨艺好像也有了进步。我妈觉得这是我跟他在一起最大的收获，即使在外地，也可以不将就地吃饭了。我们一起吃过很多很多饭，未来肯定还有更多。朝夕相处地面对同一个人，其实不是件容易的事情，能一起吃得下饭就能继续走下去。

我特别喜欢和他待在一起，总是被他讲的笑话逗得前仰后合。很多人都说要和一个有趣的人在一起，我觉得是"要和一个你觉得有趣的人在一起"，毕竟没有什么比对方愿意在你面前露出有趣的、孩子气的一面更珍贵的。

正如王小波所说："你真好，我真爱你，可惜我不是诗人，说不出更动听的话了。"于我于他，这些话就够了。

我们能在一起，对我而言就是最好的爱情了。我特别爱他在我做噩梦时翻身抱我的瞬间；我特别爱他认真严肃地数落我生活习惯不好的瞬间；我也特别爱他卖萌、耍贱、欺负我的瞬间……我想跟着他一起成熟，一起创建生活，一起看更多的星空、走更多的路，一起踏踏实实地在人间嬉游到老。归根结底，是因为我爱他。

陌生的朋友别着急，总有一天你也会收获属于你自己的礼物。

高级浪漫

我喜欢读诗,但是我从不给人读诗,因为不是每个人都喜欢诗歌的浪漫,我怕我的浪漫错付了别人。但我现在想读给你听,因为我觉得你会懂。

这首诗是这样的:"我们相爱时,爱青草、谷仓,爱灯柱,以及那被遗弃的街道,不宽、彻夜无人。"非常短,它来自罗伯特·勃莱,一个美国诗人。

我为什么想到要读诗呢?是因为我想要说一下"浪漫"。既然要说到"浪漫",就不得不再讲一下我的一些浅薄的、不具代表性的经历。

我一度以为爱情是极度浪漫的,而且这种浪漫一定要是激烈的,像六月份的暴风雨,你不知道它什么时候来,但它来的时候一定会激烈地冲刷着你的灵魂,而我也曾经感动于这样的浪漫。在我非常年轻的时候,我想要赢得我喜欢的男生的关注,就肆虐地、疯狂地采用伤害他的方式,比如撕掉他的作业本,站在他的课桌上,让他给我"小心一点儿""小心一点儿,我喜欢上你了"。他确实记得住我,可却不是好感,而是满满的厌恶。

后来，我们莫名其妙地在一起了，他也用轰轰烈烈的方式和我相处。我记得一年情人节，他在QQ上喊我和他去废弃的铁轨上散步。冬天很冷，路有些滑，我们起初都不说话，只是默默地往前走，铁轨很长，我们也不知道走了多远才停下来，他从口袋里掏出一块巧克力，可能只是一块钱的巧克力，而且已经有点化掉了，但是我觉得这也太浪漫了吧，一个喜欢我的男孩，在情人节揣着一块巧克力，害羞得不知道什么时机拿给我才好。真是难得的回忆。

我们冒雨一起跑在去补习班的路上，我们夜里偷偷拿家长的手机发短信，可是最后我们仍然分开了。后来听说他某一晚喝醉酒带着朋友来我家，在我家门口大喊"我喜欢你，不过我们不能在一起了"——而当时的我全然不知。这件事还是后来一个朋友告诉我的，而这些人早在我的人生轨迹中消失了。

但是没关系，他给我留下了那些属于少年时代的、轰轰烈烈的浪漫记忆，这样就很好。

随着年龄渐长，我越来越发现浪漫不单是那些轰轰烈烈、狂风暴雨。特别是当我遇上K之后，我们多了很多细水长流的浪漫，我才发现，其实有些高级的浪漫是隐藏在生活中的，一定要睁大眼睛去发现它，不然你会以为生活是没有浪漫的。

我们相识于五年前，当时我刚毕业一年，他刚转行。我们因为电台认识，某次契机下惊讶地发现俩人的公司竟然挨着，于是多了很多下班后的碰面。

有一次我猛然发现他在朋友圈晒过他的书架，与我一样同为王小波的书迷，我便找到了借口，问他借两本王小波的书看看。第二天下班后，他喊我在路边等他，要拿王小波的书给我。我站在路边等着他，行人、车辆、渐晚的天色、昼短夜长、昼长夜短……脑袋里涌现了很多词，在见到他的时候顷刻间又消失。他拿给我的是《爱你就像爱生命》，我特别自作多情，以为这是在向我暗示什么，过了很久很久，我才问他当时为什么借我那本呢，结果他说是他随便拿的，气杀我也。

有一年夏天，应该是我们刚认识没多久的那个夏天。我在他家吃过一次饭后就疯狂地爱上他了。得知他那时的兴趣是滑板，我也特别置办了一整套滑板装备，还叫他和我一起选购滑板，为的就是可以一起玩儿。

那个夏天，我们频繁地相约去玩滑板，我还因此磕掉了三颗牙。磕掉牙的当下，只觉得眼睛里真的是在冒星星，碎牙齿都在嘴里，擦伤的腿也火辣辣地疼。一瘸一拐地走到他面前的时候，他都震惊了，赶紧扶我找地方坐下，温柔地吹吹我的伤处，还说"我的肩膀借你靠"。愚笨呆傻如我，竟然还假装坚强，愣是错过了那次机会。后来我们再谈起来，他却说："当时我就在想，以后谁娶了你可倒了血霉了，门牙都没了，可是没想到，那个人是我啊。"然后我们就会互相打闹，笑着打滚。

还没有在一起的时候，我常跑去他家里蹭饭。那也是个夏天，他在厨房里做午饭，我厚脸皮地躺在沙发上吃着他买的冰棍儿，抬头一瞟，阳台上晾着他刚洗的衣服，中间还夹着平角内裤。开着窗户，风吹进来，把内裤吹得鼓鼓的，我只觉得那个场景好浪漫啊，虽然我也不知道我在浪漫个什么劲儿。他从厨房探头出来跟我说："没鸡蛋了，你去楼下小卖部买一点儿吧。"我就听话地去买鸡蛋了。走在路上，拎着塑料袋，想着他正在家里给我做饭，心里又生出很多浪漫的感觉来。

我们这将近六年的相处，从很好的朋友到男女朋友，几乎很少吵架。我是因为从小看父母吵架，害怕极了"吵架"这件事儿，而他本来就性格温和。爱情发生是很容易的，可能每个人每天都会遇到很多心动的瞬间；但生活是不容易的，生活远比爱情复杂得多。我们虽然不吵架，但生气拌嘴这样的事情时有发生，有时候气急了我就不说话，脑袋里开始上演各种剧情：如果我离家出走了，他会去找我吗？像电影《苏州河》里那样。或者如果我赌气说不要在一起了，是赶他出门还是我自己出去呢？我们分开的话，他会过得好吗？会不会每天伤心？我离开他好像不一定会变好吧，因为他的存款比我多。他怎么还不来哄哄我呢？这样想来想去之后，时间一长，我的气也就消了。

　　我们的浪漫就是在这些日常中慢慢积累，越积越多，像雨天用来接水的水桶，随着时间推移，里面的水越来越多。在这段关系中，我们互相化解了自己的原生家庭之痛，也因为爱，爱上了因为爱着对方而变得更好的自己。也像一开始的那首情诗，因为相爱，也爱上了周边的那些物事。我觉得这是属于我的高级浪漫。

　　其实浪漫没有标配，不一定要烛光晚餐才是浪漫，不一定要过节必发红包"520"才是浪漫，也不一定要给女朋友买包包、买香水才是浪漫。当然我也没说这些就不浪漫，而是想说，我们肯定都会找到属于自己的高级浪漫。它可以像我和K这样，是日常生活中的细水长流，是今天他要加班一整天，还会在出门前给我做好一碗打卤面；它也可以像狂风暴雨一样，浓烈又激情。它可以是任何样子。

　　只是，每个人都找得到自己的高级浪漫，就好了。

你不要恃爱行凶

你说，两个人之间什么最难？

有人可能会觉得相遇最难。因为你在这颗星，而她在那颗星，你们之间相隔万里，彼此在各自的轨道里默默前行，也许永远不会遇到。我想不是的，事情总有意外，各自的轨道也偶有偏离，你的那颗星说不定就和她的那颗星在某一刻相遇了。现代社会一切都很容易，想要认识一个人太简单了。

有人可能会觉得相知最难。这意味着两个人要从陌生到熟悉，从熟悉到心意相通，再到心领神会。"相知"这件事情确实有难度，最近我在看《红楼梦》，宝玉和黛玉在第三十二回之前也处于未能相知的状态，于是猜忌、生气、斗嘴频有发生，但到第三十二回互通心意后，这些事情便不再发生。人心和人心之间就苦在没有一架桥可以让我们从这头儿走到那头儿，从那头儿捎回他的想法，但沟通和交流可以办到，只要我们用真心去对待。

在我看来，两个人之间最难的是相守。是终于踏破铁鞋觅得良人后，两个人真正地面对面生活。看到对方更多面的存在后，是不是还能一如既往地喜欢对方，是不是还能一如既往地关心和爱护对方——这些是最难的部分。

铺垫这么多,其实是因为听说了一个朋友最近的经历,让我想要抽丝剥茧地找到我们相守相处时存在的问题,同时从我浅薄的经验里提取一些解决方案出来,仅供参考。

朋友A,男,普通白领,在一家乙方公司工作。据我所知,他每天的工作就像打仗一样,切换在无数个客户群里,回复、回复、回复,打字、打字、打字……只要他一小会儿不回复,他的微信估计马上就会爆炸。做着这样的工作,免不了要有一些与客户社交的饭局,聊一些不咸不淡的话。这就是他生活的大部分。

A的女友是个前台,漂亮,身材好,他们在一起一年多了,在朋友看来,两个人算得上"郎才女貌"。但唯一不足的地方就是他俩经常吵架,基本频率保持在"三天一大吵,两天一小吵",吵架的理由都很鸡毛蒜皮,比如A在家里回复客户的时间过长,女友会吵;又比如女友拿了冷牛奶放在他腿上,他嫌冷叫她别这样闹,女友也会立马吵起来。

如此种种,不胜枚举。我听起来只觉得是小孩子的游戏,没放在心上。但听得越来越多,渐渐就生出不爽之感,这不就是恃爱行凶吗?

女友会要求朋友A在上班时间秒回她,可是他真的做不到,客户群里的消息就像被点着的鞭炮,"噼里啪啦""噼里啪啦",你一旦不先处理这些,公司可能就会有损失;女友会要求他在陪客户吃饭时给她明确的回家时间,这个也无可厚非,都想要心里有个底儿,可是很多时候确实聊着闹着时间就过去了。回到家面对的不是女友的担心,而是女友背对着他,让他自己拿着铺盖卷儿去睡沙发。

吵架的时候女友一定会说"你不爱我了""我对你这么好,你怎么一点儿都不付出呢""你怎么就做不到这样那样的事儿"……我真的想说,有点儿过分了。

我以这样的例子,说回两个人之间的相守相处。第一个忌讳就是占有欲。爱不是占有,两个人的关系也不是制霸关系,不是城管和小商贩,不是领导和下属。两个人的关系应该是平等和尊重。

不是在亲密关系中占了上风,他事事都听,他事事照做就是爱。而是明明很多事情,他可以不做,但出于对你发自内心的爱,他去做了,这是爱。就好比,一方主动去洗碗,不是因为对方这样要求,而是真的心疼对方的辛苦,才主动跑去洗碗。这是区别。

拿"时保联"这件事情来说,是他体谅你的担心,告诉你他所有的行程,这是出于爱,而不是你时时刻刻要保持联系,只为满足自己所谓的"安全感",就要求对方一定要时刻汇报自己的动态。在我看来,这就是恃爱行凶的表现之一。

无论男女,请记得,爱不是占有,不是占有,不是占有。可以自行联想种种亲密关系PUA(情感控制),但我不想多说此类事件。

爱,或者万物都是一样,不要扯得太紧,就像扯着一根皮筋,你扯得越紧,它越容易断。想起之前看过的一本讲摄影的书,意外得到一句至理名言,来自《决斗写真论》:"无论我们如何努力去拥有这些事物,最终,事物还是朝我们伸出手的另一端退去。"

另一个忌讳就是,不要"索求"回报。

我在谈恋爱这件事情上还挺不计回报的。我会给喜欢的人买他喜欢的东西,会想方设法地让他觉得被珍惜着。不是卑微地一定要他也来这样爱我,而是在这样的过程中,在将爱给对方的同时,我也得到了自己给自己的爱。

也别觉得"被偏爱的都有恃无恐",你说他们真的有恃无恐吗?不是的,当他失去"偏爱",他的恐惧就会冒出来。

我们谁都不要仗着喜欢人家,就要求对方得对自己的付出做出回应、给予回报,毕竟付出是自己的选择,成年人最该负责的难道不是自己做出的选择吗?如果一开始就奔着"我爱你,我为你付出了这么多,你却这么回报我",我真的想要说一声——可能看起来有些过分冷静——"不要把责任转化到别人身上,这是自己的课题。"同理也适用于父母,不要打着为我们好的旗号,来把自己的责任转移了。这真的很危险。

其实这两点也只是最普遍的两点,要讲的还有很多呢。

怎么解决呢?我想到的一个办法是:让自己丰盈起来,让自己的世界开阔起来。要有自己的世界,要不断地拓宽自己的世界,有自己的爱好也好,有自己的朋友也好,有自己热爱的事业也好,就是不要把注意力只放在一个人身上。因为当世界窄到只有一个人的时候,很危险。

这样,在我们不幸失去所爱的时候,至少我们可以去跑步挥洒汗水,可以写文章咒骂那个人,可以跑去别的城市扔掉这些过往,而不是再守着那个离开的人留下的痕迹,悲戚戚,无所适从。

跟拥有独立人格的人谈恋爱，真爽！

与谈论"个人成长"相比，我其实比较少谈论"恋爱"相关的话题。

这背后肯定是有原因的，我来解释一下。一是因为不太想过度"秀恩爱"，很多事情其实是会遭到反噬的，秀得太多，糖分太高，容易得糖尿病；二是因为比起谈论"恋爱"这件小事，"个人成长"是个更加宽泛且可以聊更多的事情，恋爱不也是个人成长中的一小块儿吗？而且我其实在恋爱中收获最多的，就是我个人的成长。所以，虽说被认证为所谓的"情感博主"，但我可能更偏向于把内容扩展至"个人成长"的范畴。

但我今天要谈一个与恋爱相关的话题，根据我没几次的恋爱经历和观察到的周围人的恋爱，得出一个小小的结论：跟一个拥有独立人格的人谈恋爱，真爽！

我先不说爽的事例，我先说说我看到的、听到的不爽（但可能也仅仅是小小的烦恼）的事例。

前不久，有个朋友突然要给我打微信语音，说知道我一直在分享情感相关的内容，感觉我是个活得通透的人，他最近发生了一些事情，想问问我有什么解决办法。我有一点儿害怕接电话这件事情，所以我们俩就用文字沟通了。我先要声明，我可不算一个"活得通透"的人，我还配不上这样的评价。

鉴于叙事方便，我就叫他小明吧，小明这个名字真是万能的，那他女朋友就叫小红吧。

小明简单地铺垫了一下他们的故事背景，好让我能理解故事情节。小明是河北人，小红是陕西人。他们是大学同学，在大学期间相爱，在一起。毕业后小明来京打拼，小红继续读研。今年小红研究生毕业了，小明便准备结束北漂，和小红一起奋斗。但就在这个时候出现了一些小小的插曲。

小红是家里的独生女，父母比较希望她能在老家生活，找份稳定的工作，类似公务员或者教师，不希望女儿去外面打拼。小红也觉得这个想法在理，但心里实际上是想要去外面闯一闯的，和小明的恋爱是一层原因，另一层原因在于小红即使读研也是在家乡，外面的世界是精彩还是糟糕，没有亲身体会过多少有些遗憾。

小明烦恼的点在于小红经常摇摆，而且是非常摇摆，她始终做不出自己的选择，耳根子软，似乎谁的建议她都可以接受，但接受后又会产生新的不确定。她想要听从父母的话，又想要跟着小明去闯一闯。其实即使小红选择了留在父母身边，小明当然也是可以陪着小红来她的家乡，但小明又会担心自己的父母年岁渐长，以后赡养怎么办。

类似的问题，我想肯定也存在于其他情侣之间。我们聊来聊去，最后我能想到的就是，让小明和小红深入地谈谈，听听她内心的想法，让她做出自己的选择。毕竟小明的选择是可以更加机动一些的，不管小红做出哪个选择，他只要尊重她的选择，并对应做出自己的选择就好了。至于赡养父母的问题，当然是需要考虑的，但他们的父母其实也才五十出头，情况还没有那么紧急，可以先不做重点考虑。

小明最后接受了我的建议，尝试和小红再好好谈谈，但他也隐隐地担忧，觉得小红还没有独立到可以为自己做主。之后的故事发展我还没有打听到，有机会我倒是可以去问问看。

这里面其实隐藏着小红的一些问题，当然类似的问题我肯定也是存在的。小红看起来还没有那么独立，虽然我也不敢自诩是个"独立女性"，似乎一旦扬起"独立女性"的大旗，就意味着赞扬声和叫骂声将会同时涌来，并且很可能是叫骂声更大。我尿、我怕，别给我扣大帽子，我只能算一个慢慢开始具有独立思考能力的人。

听父母的话，有错吗？自然没有大错。作为"过来人"，他们的人生经验、社会阅历，确实比我们丰富。但也不得不承认，现在的社会，不是当时他们年轻时的社会，情况变化太快了，他们过往的经验不一定适用于现在这个社会。我们想要成为一个成年人，想要成为一个独立的人，第一步就是要为自己负责，坚持自己做判断、做选择，自己为结果负责，到时候谁都不怪罪。

谁也别想把责任交到别人手里，现在父母帮你做了决定，你看似乖巧地听从了，后果要是符合想象则皆大欢喜，要是没想象得那么好的话，岂不是会埋怨父母干涉自己的人生？推理到情侣、朋友关系，其实我们有时候询问别人的意见，我们心里是有隐藏结论的，只不过我们需要别人帮我们加大火力，失败了他们也要背负一定责任。但是别人凭什么呢？

我还从另一个"小红"那里听到她和前男友分手的原因，就是因为他是个"妈宝男",总是拿不定主意,要寻求妈妈的建议,甚至是换工作这种事情,也要询问妈妈该怎么办,然后听从妈妈的安排。

在小红看来,这是非常危险的一个信号。这是不是意味着如果两个人以后结婚,男生的妈妈还会插手两个人的生活?从儿子吃什么最有营养,到家里应该怎么装修,再到未来孩子应该选什么幼儿园……朋友想了想,头都要大了,果断分手。

其实这些是反面例子,包括我之前讲过"恃爱行凶"的例子,女生选择来到北京和男生奋斗,却要在离开的时候埋怨男生为什么不照顾好自己,真的,大家都是独立的个体,不是事事都需要人照顾吧,这样双方都很累的。

为什么我说跟一个有独立人格的人谈恋爱真爽?

我先说我认为的"独立人格",一是事事为自己负责任,自己照顾自己,坚持自己做判断、做决定,自然也为结果负责;二是不依附别人,有自己的世界,可以与人交流,但不强行合并;三是因其独立,所以不会被廉价的情感文章和言论"精神控制";四是因其强大、富足的内心,所以对人会呈现出事事体恤的温柔来。

要为自己负责任,其实上面那些事例都是在重点讲这个点。

有自己的世界有多爽呢?这么说吧,我不知道你们有没有听过陈粒的《你疯狂画画,我就在你背后弹吉他》,她也没有唱歌,只是哼哼,但我就会被歌名里的那种柔情所打动。当时一定是两个人各自沉浸在自己喜欢的世界里,互不打扰,又异常和谐地同处一室。还可以这样来感受一下,如果你的小明或者小红有事出门了,你是守着手机一遍遍地问他几点回来舒服,还是你做你喜欢的事情——泡脚、喝小酒、听音乐、画画、看书——舒服呢?当然是第二种更舒服、更爽啊。

再者,拥有独立人格的人不会随便被廉价的情感价值观PUA,也不会"胁迫"另一半做出改变。逼迫别人改变这件事情真的非常不爽,双方都会非常累。

《女孩做好这12件事,男友更爱你》《男生情人节送女友这些,一定没错》……越是这样的文章,才越容易造成两个人的问题,好吗?每一对的情况都是独一无二的,共性肯定存在,但正是那些不同才造就了两个人关系的独特性。别人的男朋友送钻戒,送名贵包包,可不一定要求刚大学毕业的男朋友也这么做啊;别人的女朋友天天发嗲撒娇,你要是让你本来不是这样风格的女朋友照着做,她开心才怪呢。所以,不要跟人家攀比,不要被随意煽动。

你爱上一个人,一定不是因为他跟别人一样才会爱上他,一定是因为他在某一点非常突出,非常与众不同,才会爱上他吧。

而且,温柔其实真的不是白来的,温柔的人一定是吞了很多石子在自己的肚子里,最后才吐出珍珠来。一定是因为自己受过同样的苦,所以不愿意周围的人再受一遍,才会生出体恤之感的。

一个拥有独立人格的人,一定是吸收了养分,也吸收了泥沙,最终选了一条更向上的路。跟这样的人谈恋爱,一定会体恤到生活的不容易,今后才会温柔地对待亲密之人。

小时候,我很烦诗歌朗诵,因为一定会出现李白的《行路难》、舒婷的《致橡树》。但慢慢长大了,却发现《致橡树》岂不就是在说和一个拥有独立人格的人谈恋爱的事儿吗?"我必须是你近旁的一株木棉,作为树的形象和你站在一起。根,紧握在地下;叶,相触在云里。每一阵风过,我们都互相致意,但没有人,听懂我们的言语。""我们分担寒潮、风雷、霹雳;我们共享雾霭、流岚、虹霓。仿佛永远分离,却又终身相依。"

我们各自独立,又彼此相依,这还不爽吗?

女孩，
去做勇敢的
那一个

我刚刚在洗澡的时候，花洒的水冲掉满脸的洗面奶泡泡，突然想起一个朋友。想到她的时候，脑袋里蹦出一句话：女孩，去做勇敢的那一个。

为什么蹦出这句话，以及为什么会在那个瞬间想起她，我不知道，可能潜意识里我在想念她，我的潜意识在提醒我，去问问她的近况吧。

她是我大学时的好朋友，眼睛里似乎永远装满了忧愁和明媚，让你想要一直一直看着她。她的气质很像郭碧婷，招魂幡一样的黑色长发，永远微笑，同时也带着一点儿清冷。如果不是她主动找我说话，我想我会离这个漂亮女孩远一点儿，因为我知道如果我们走在一起，我的光芒会瞬间消失殆尽。

就是这样一个女孩，自然会吸引不少男生的关注。喜欢她的、对她感兴趣的人一拨又一拨，可是没有哪个人能真的成为站在她旁边的那一个，不是因为她的清冷和高傲，而是因为她的迟疑和不勇敢。

她曾经喜欢过一个学长，学长对她也很有感觉，而且学长也是那种非常出众的男生，如果不是知道她喜欢学长，我想我可能会主动去追求也不一定。

　　学长对她是有采取主动措施的,他在食堂买好了午饭等着她,在她晚自修下课的时候去接她;知道她喜欢吃什么零食,会在听见她无意间说"好想吃啊"之后,专门跑一趟去买给她。学长对她的认真,我们都看在眼里,但是她似乎只是把关系保持在很好的学长学妹这个程度,再不敢往前发展一步。

　　学长也有托我们问过她的想法,她说她很喜欢学长,但想要看看他能坚持多久、是不是真的喜欢她,以及她很担心答应了之后,学长对她的态度可能就急转直下,所以不敢往前一步。

　　你能想到这种感觉吧?一个人礼貌地、小心地靠近另一个人,另一个人微微退后,但也会悄悄往前,可是你叫她往前跨一大步,立马就可以靠近对方了,她却止步不前。她太害怕了,但对面那个人也不一定会一直守候吧?

　　所以这些情感最后的归处是没有归处,它就这样消失在某个普通的夏日午后,无疾而终。学长还是那个礼貌、贴心、温柔的学长,只是他不可能再在听说她想吃什么之后,就立刻跑去买给她;她也继续坚持着她的爱情理念,直到遇见比她勇敢、坚强的那个人。

　　这样的事情在她身上反复出现了几次,不只上学的时候,还有工作之后。只是工作之后的人们更没有耐心,可能一个月没有回应,人家就不再付出。于是,这个女孩到现在为止,除了很短暂地交往过一两个男生之外,再无任何感情经历。

　　我一直跟她讲,你别怕,主动一点儿、勇敢一点儿没什么的。可我知道她不是我,我也不是她,我没办法让她真的勇敢起来。

　　我的私信里总会收到类似的故事,希望获得勇气的女孩们会问我：女生真的不能主动吗？女生怎么勇敢一点儿？喜欢一个男生到底该不该和他告白？如果他拒绝了我怎么办？我被一个男孩喜欢了，我也喜欢那个男孩，但是我不太敢和他交往……非常多的故事，我最怕给建议，但今天突然想要说："女孩，去做勇敢的那一个。"

喜欢一个男孩子，想要跟他告白，要不要勇敢一点儿？

去，去告诉他，大大方方地、不怕失败地、坦率地告诉他。这样你的遗憾才会少一些。如果他拒绝了你，别怕，那是他不给自己一个可能幸福的机会，不是你的错，你还是可以大大方方地告别，就像《初恋这件小事》里的小水一样，失败了就去找更好的自己，一点儿不亏。

想去其他城市看看，想要跳槽去试试另一些机会，要不要勇敢一点儿？

要，我这几天听了一位美国女性作家玛丽·弗里奥的访谈，主持人问她怎么劝服那些犹豫不决的人，她说她自己有一个座右铭：清晰的思维来自全力投入其中，而不是空想。她举例说明，她喜欢跳舞，但花了三年时间犹豫要不要投入在舞蹈上，最后她选择还是去跳跳看，结果她一跳就惊奇地发现这就是自己喜欢做的事情，自己为什么白白耽误了三年时间呢？所以，很多事情需要我们全心投入，亲自试一试，勇往直前一些，哪怕试了一下觉得没那么喜欢，至少也让你知道那条路是不行的，岂不是好事儿？

我知道如果一个人一直没那么勇敢，突然叫他勇敢起来会有点儿难，那种难度应该不亚于让恐高的人去蹦极。所以我们也许可以先从一些相对简单的事情去试试看，比如，跟喜欢的人主动打招呼，跟不想做的、自己觉得不公平的事情说不，等等。

当然，其实也同样适用于男孩，勇敢一点儿（但要有礼貌地）去告诉喜欢的女孩你的真心话，勇敢一点儿（但不要空想和夸大地）去追寻你的事业。未来一片大好时光，在等着勇敢的人。

所以，试试看去做勇敢的那一个，也许事情会有意外的收获，其实我也在安慰我自己，继续勇敢下去吧！

我怀念
每一个
"酒肉朋友"

好像人们到28岁的时候,生活的分岔路就会体现出来。有的人急流勇退,在后来者奋不顾身要拼一拼的时候,选择更舒服的生活;有的人退无可退,只能继续努力。去年说着要离开北京的人,真的离开了那么几个,我们大多在想喝酒的时候相见,然后消失在日子的角落里,除了珍惜那些知心朋友,我也异常珍惜那些"酒肉朋友"。

我先明确一下我心里的"酒肉朋友",不是平常意义上说的只关乎利益、做表面功夫的朋友,而是我们真的只在酒桌上见面聊天,可以不过心,可以很简单地只是开心。有人说:"酒肉朋友不一定是真朋友,真朋友一定是酒肉朋友。"我认为果然如此。因为那些在酒桌上聊得很开心的人,我们在不知不觉间交了心,也在不知不觉间觉得,好像我们只做酒肉朋友也挺好。

今年第一个从北京回到故乡的,是我哥们儿的发小H。我们真的没有过深的来往,酒桌上开的玩笑偶尔也荤得不得了,不算真正的交心,但也就在不经意间把对方当成了和其他朋友有点儿不一样的人。我们三个人去年夏天经常混在一起,什么事都不干,就在街上瞎晃，想到好玩儿的地方就去，想不到就互相调侃对方怎么这么无能，连去哪里玩儿都不知道。记得有一次，我的哥们儿谈了女朋友，四个人坐在一桌，我们三个人嘻嘻哈哈没个正形，哥们儿的女朋友坐在旁边，一副乖乖的模样看着我们。H打开手机，对着手机说，"嘿，Siri（苹果语音智能化助手），打开美团"，我瞬间就笑崩了，原来真的有人用Siri打开应用啊，然后非要他再演示一遍，让我录小视频。除他之外，我们仨都笑得前仰后合。后来哥们儿和女朋友分手，那个哥们儿和我说，他的女朋友觉得我们这样傻分分的很好，很想加入，但是她总有无论如何都融入不进我们的感觉。我略感抱歉，但也有些小庆幸。原来我们在嘻嘻哈哈时，也能成为一个让别人羡慕的小团体。

H的女友去年年底怀孕了，于是他们顺理成章结婚，返回老家待产。我们约定的最后一顿饭没有吃到，多少有些遗憾，遗憾以后没法儿再一起讲荤段子，他们犯傻，我只用笑就好了。

跟H和哥们儿在一起的时候，基本就是想找人一起吃饭的时候，跟G就更是如此，我俩不到其中一方想喝酒的时候，是不怎么约见的——当然更多是我想喝酒的时候。

我俩逛了很多胡同里的小酒馆、大酒馆，喝过啤酒、鸡尾酒，很多酒。有一次，甚至因为喝酒，换了很多家酒馆，喝完一家就跑到下一家，来来回回换了三四家，一直喝到深夜回不了家，跑到同一个酒局的一个姑娘家过夜，三个人回到家又买了啤酒继续喝，边喝边聊天，一直到不得不去睡觉。这样放肆的、不管不顾的酒局，仅此一次，再没遇见过，以后会不会有，不知道。总之，这是我最怀念的一次酒局。

G今年去了南方，她说了那么久的离开，终于实现。我昨晚翻微信里的通讯录，看看有多少人是"失联"的，发现藏在通讯录深处的他们，才想起来我有很久没有那样傻乎乎地组局喝酒，或者组局傻笑了。

　　大学里这样的朋友就更多，而现在这些朋友都散落在天涯，过着他们自己的日子，我们聊天也很少会提起大学时候怎样怎样，大家说的还都是现实中存在的困难烦忧。因为交集的圈子变少，说几句也就觉得索然无味，像是自我矫情了一番，也就不再多说。

　　人们渐渐不爱在社交平台分享自己的一切，过得好的担心自己在"秀晒炫"，过得不好的更愿意把伤口悄悄藏起来。可是没有了大家的分享，我再难看到他们的生活近况，我不知道应该从哪里和他们靠近。

　　我怀念每一位"酒肉朋友"，怀念他们单纯地只是和我喝酒、吃肉，我们当然会在饭桌上吐槽、说八卦，偶尔走心。酒肉朋友和那些愿意走心地聊天、进行灵魂对话的朋友并不对立，和他们的关系有时会像能进化一样，酒肉一番聊了一夜，发现彼此的灵魂也可以共鸣，那就一跃成为知心朋友。当然，止步在酒肉上也没有不好，至少想喝酒的时候，总有一些人是愿意一起的。

在夜深人静
的时候,
想起你

你不是我的情人,从过去到现在到未来都不可能是,可是你在我生命里留下深深的一道印。

我们在大学相识,起初我看不上你,觉得你嘴唇太厚,刘海儿也太厚,说话油腔滑调,到底哪一句是真哪一句是假都不知道。后来不知道怎的,我们变成很好的朋友,在一起玩儿的还有两个人。我们午饭、晚饭、课余时间几乎都泡在一起,像恋人般腻乎,但我们都知道我们不会成为彼此的恋人,因为没有来电的感觉,更因为你有女朋友。说到底,因为我们将分寸把握得很好,仅仅是哥们儿,是好朋友,绝不越轨。

我印象中你特别讲义气,每当我矫情想喝酒、诉衷肠的时候,叫你就好啦,你也不推辞。我记得我刚分手那会儿,矫情到总要拎一罐啤酒走回宿舍,你也总说我是个傻子,然后跟我将啤酒一饮而尽。

记得有一次我们去摘草莓,同行的好朋友看起来有点儿暧昧,我们在后面叽咕,我恶狠狠地希望他们不要在一起,因为男生有正在异地恋的女朋友。你说我只要给建议就好,他们自己的事情交给他们自己解决。我们坐同一辆电动车的时候,我竟然觉得这可能就是自由了，人生至宝无外乎眼前这样，三两好友，舒服自在。

你呢，会跟我一起维持文艺爱好，在天台或草地谈心、弹吉他。我莫名其妙地跟你亲近，除了觉得你长得比较帅以外，大概原因就是我们有共同的爱好——音乐。可是，你毕业后没怎么再碰过音乐，偶尔碰一下也不过是同事起哄说你会弹一点儿吉他，让你在年会上表演。

你很快结了婚，和谈了很多年的女朋友，婚后也很快有了孩子，一个，两个。我渐渐不知道该跟你谈什么，我对婚姻没有概念，对孩子的话题更是插不上嘴。你的秘密还会跟我讲，脱离了学生时代的回忆，我们可能才更是朋友。总觉得对你的感觉还像当初在学校里那样，我虽然知道你在现实中是怎么回事，但还是记忆里那个没有被生活锤打过的你，更加生动。

你对现在的生活谈不上满意也谈不上不满意，大概为了维稳也就只能这样，安心工作，抚育孩子长大。关于你的兴趣，或者你自己，你好像都不怎么关注了。也许你已经被生活挤压到没有空闲去关注自己了。

你谈了几个女朋友，每一个谈的时间都很短，你似乎无法认真投入到一段恋爱或者是稳定的关系当中，因为你们越交往到后来，彼此贪图得就越多，世俗的"要"是一部分，精神的"要"是另一部分，往往是有了世俗享受，还想要精神满足，但大多时间是两头儿空。所以这么几年过来，你跟我一样没车、没房，没什么存款，抵御不了任何风险。我唯一好一点儿的是，处在一段稳定且积极发展的关系中。

上次你带某个女友来北京，我以为你们打闹之间是真的把对方纳入未来的计划之中，可是没承想，离开北京的最后一天，你们分手了。而且不像之前几次,还有复合的机会,这次根本就是破釜沉舟,永不回头。究其原因,是她很想要走入一段婚姻,而你似乎没那么急,你知道的,我们女生到了接近30岁的年纪,还是未婚的状态,无论多么男女平权主义,都还是想要结婚的。她想跟你有下一步,你理解,但你办不到,那也就无缘了。

听说之后你们偶有联系,只是再不提爱不爱的,成年人就这点好,知道无法再和对方搅在一起,就干脆不要设置任何羁绊,也好,残酷也温柔。

我也是偶然才想起你,在我晚上还没睡着的时候,突然想起似乎很久没有给你发过消息,也没讲过最近我的城市天气是阴是晴,特别是在听到一句歌词"可是你一定要幸福啊"时,才想起来:这不就是我对你的祝福吗?无论怎样,你一定要幸福啊。

"你"不是一个人,"你"是经过我生命的很多人的集合体,我对"你",或者对你们的期许大概也就一句:在夜深人静的时候想起你们,希望你们是幸福的,不论这幸福是否与我有关。

你，
是了不起
的你

年末，坏事情众多。有很多人突然之间就不见了；有一个人被谣传去世了很多次，这次居然成真；有一个人居然在我们不知道的角落默默地面对病痛，而他偏偏是会给别人带来快乐的那种人。年底似乎就是一个容易离别的时候，去年能抱紧的人，今年还请继续。而人呢，越长大越容易失去，这不，一起住了三年的朋友最终也要在这个冬天离开。

之前我一直在想，以怎样的开头和结尾来说她的故事呢？怎么开头都觉得说得浅，而怎么结尾又都好像不够。"你好"是一段交情的开始，而"再会"可以当作暂停或者结束。人跟人之间，说"再会"的时候都是真的希望可以再次相见，而至于最后没有见成则是命数机缘的问题了吧。

我们的故事从在同一家公司开始，且叫她H吧。在工作群里，H发现我是她的老乡，主动靠近我，后来发现性格还很契合，就越发亲近。平日里她会非常热心地帮助我，让我完美地度过了在北京孤零零的第一年，似乎有她的陪伴，一个人也不会真的孤单。

我记得再度搬家的时候，首选了靠近H住房附近的小区，她陪着我在周末的时候跑了很多家看房子。夏天很热，我过意不去请她吃饭，而她也只是选了一瓶冰冰凉凉的可乐而已。最后终于定了离她很近的小区，感觉自己在北京终于不是一个人了。又过了一年，她合租的房子里空了一间房间，于是我们终于住进了同一个房子，而这一住就是说长不长、说短不短的三年。

我知道她所有的伤心故事。认识她的时候，她正被一个人渣前男友折磨，在一起时仗着情侣关系，用她的名义借钱做生意，搞砸了生意，分了手，欠款却全赖在她身上。H数次向前男友要钱不得，把力气耗得丝毫不剩，十多万元的欠款全一个人担着，这个中辛苦，我想我是体会不了。若是我，怯懦且反，可能早就"算了，认栽吧"，而认栽却是最没用的一个方式。

可最后她也只好认栽，不然还能怎么样呢？人生和路，可是一直往前的。

那之后，她也爱过一些人，可偏偏到最后都无法再继续，不是对方先跑了，就是她先跑了，可是年龄这个问题，渐渐也真的变成了问题，即使我们并不想把年龄作为问题，但要知道，大部分人还真无法做到完全不在意女性的年龄。

我记得之前有过一个很好的男孩子，性格温顺，知书达理，和我相处得也很好。起初他三天两头来我们家里为H做晚饭，做完聊会儿天就回家。我问起来，H总说是个关系不错的弟弟，可是关系再不错的人，也不会做到这个份儿上。果不其然，后来他们在一起了。那个夏天是我看到H最开心的一段时间，有人陪，即使吵架生气都觉得可贵，至少有人愿意与她产生羁绊。可是很快，男孩不见了，他们出于某些原因分手了，再后来，H便不再有任何动心的时刻。

我偶尔在想，如果他们真的走到一起，今年的冬天应该可以一起乐乐呵呵地吃火锅，看她耍女生的小性子。如果这样该多好，她应该就不会走了吧。

至于她要离开北京，确实是一场蓄谋已久的"逃亡"。起初因为繁忙的生活让人难以喘气，后来伤心故事越积越多，父母逼婚的压力巨大，最后连身体也在跟她作对。总之离开的理由越来越多，终于到了"不得不"的时候。

这中间，我常常会觉得抱歉，抱歉离她这么近，看到她经历着这么多的难过和伤痛，却没有办法帮到她。现代城市最让人伤心的瞬间是，你想做一个好人，想帮到别人，可你发现你连自己都照顾不好，就像遇到危险时，你连自己的氧气面罩都找不到，更别说帮别人戴上了。

成年之后，我已经习惯慢慢地失去，慢慢地跟过去、跟自己和解，去缓和与父母、亲戚的关系，去珍惜这一切，可现在也还是在缓慢练习"习惯"这件事的过程中。

你啊，H，我们离别的日子要开始倒数了，我会再难见到你的小猫咪，更别说被它们蹭一身毛，抱怨这"甜蜜的负担"，我也再难跟你说"帮我拿下快递"。那些睡不着的晚上，你喊我去你房间聊天，你抽着烟，陪着我骂着令我心碎的男人，都是我记忆里的珍珠。

还记得我们在家里支起小桌子招待你的师父那次吗？我们喝了汾酒，都醉了，我甚至吐了，但是感觉很开心。我最喜欢那时的你，爱找朋友玩，总能认识些奇奇怪怪的厉害的人。

你后来老说一个人多好，自由自在，但我总觉得你只是嘴硬，你有你的坚持，有感情上的洁癖，不然也不会坚持到现在。你应该还想再等一个真正合适的人，所以你一点儿也不肯将就，这大概是你最坚强的地方了。

但其实坚强是一种令人厌恶的美德，它不被人同情，无人娇惯坚强。它是世人刺穿你、戳伤你的借口，那些明明背弃过我们的人，我们却要以"自己很坚强"为理由来替他掩盖过错。既然坚强这么坏，我们为什么要留着它，为什么很多人还要歌颂它？

可你的坚强，就是那些你坚持的东西，你自己知道它们是什么，我觉得你千万不要输，不要抛弃它们。因为你是了不起的你，你承受了很多压力和磨难，那些是我无法想象的，要是换作我可能早已崩溃。你不要妄自菲薄，你在我心里是很棒的人。

希望你以后戒烟，但我可能很快就听不到夜里打火机的声音了吧。希望你的身体快点儿好起来，我想再看到你神采奕奕地发朋友圈，刷屏也无所谓。希望你快点儿找到那一个合适的人，而他刚好也被你喜欢。希望你以后的日子少一点儿磨难，前三十年受过的苦已经很多了。

你，是了不起的你，希望你以后真的越来越好。

我们互相喜欢，
但也
只是朋友

最近北京的天气阴晴不定，当然更多是阴天。阴天有种神奇的魔力，总能让一个人的思绪多起来，像春天的柳絮一样恼人。我好喜欢"恼人"这个词，带着一种娇憨感。恼人的思绪一多，不自觉地就开始追溯过去。

人成年后，确实不那么容易交朋友，看对眼是第一步，但因为成年人莫名其妙的骄傲，很多时候，第一眼就看不对，就别说继续往下交朋友了。我和以前的女朋友们还保持着交往，虽然相隔千里，但我们有问题的时候还是可以"云解决"，我生活中有什么变动也还会和她们讲一下。可是那些男性朋友则没么容易开启对话。一个重要原因自然是距离，另一个重要原因是大家各有生活，不方便像少年时还能对着星星就着酒咽下心事，所以多少有些淡漠。

我想起可以称得上哥们儿的几个男性朋友。L，陪伴我度过初中晦暗失败的初恋，跟初恋不明不白结束后，作为我后桌的L总是打趣我，把我所谓的伤口不当回事地来回说，说的时间久了，我竟不觉那是个多么严重的事情。那时的L非常帅，白净、个子高，人也很温柔，还会弹吉他。虽然和我之后认识的很多吉他大神相比，他的吉他水平真的非常一般，但少年时代，会拨弄几下吉他，确实是会吸引不少女生的注意。当然他也曾悄悄告诉我，他学吉他只是因为他暗恋的女孩子喜欢Beyond，且公开表示过，如果有男生对着她弹吉他唱《真的爱你》，她绝对毫不犹豫地答应和他在一起。于是我可爱的哥们儿L，苦学吉他，苦学《真的爱你》。已经忘记他最后有没有求爱成功，现在想起来那时还真是浪漫啊！虽然后来也知道《真的爱你》其实是写给妈妈的歌，但也不妨碍在我的记忆里，有个温柔的朋友苦练吉他追女生的浪漫往事。

男女之间要成为真朋友，需要经历过彼此晦涩不明的暗恋青春才可以。我记得L在高中时，有一次叫我出门，我们在广场上聊天，讲起他最近喜欢的女孩，讲着讲着他就哭了，他真的拿她没办法，女生不喜欢他，只想和他做朋友，那能怎么办呢？那是我极少数几次看到男孩子哭。那时有点儿羡慕被他喜欢的女孩，可以收获男孩的眼泪，真是一件珍贵的事情。虽然知道这样不好，但我还是暗自觉得，如果有个男孩也可以为我哭就好了。

再然后我们分隔两地，在各自的大学里，又有了各自的生活，我也有了新的男性朋友。

第一个我主动想去结识的男性朋友F，说实在的，最开始是因为喜欢他的颜值，有种欧式美男感，五官深邃，虽然近几年看他的照片，稍微胖一些后，五官没有当时那么深邃了，但他仍是我很重要的朋友之一。他是那种很浮夸的帅哥，也爱弹吉他，可能因为他外貌的关系，他不只有我一个女性朋友，但我相信我们在对方心里都是蛮有分量的。

我记得在我大四准备考研的时候，他正在小学里做实习老师，我们都有种郁郁不得志的感觉,虽然也不知道自己的"志"到底在何方,但就是觉得郁闷。学校有一家小小的奶茶店,我最爱点的是"茉香奶绿",他晚上下课回来总会带一杯奶茶来考研教室喊我休息一会儿。我们有一次偷跑出来,坐在学校的草坪上,月亮很圆,草坪不知道是不是刚喷过水,湿湿的,但不影响,我们带了吉他在草坪上弹唱,跑来一只小兔子。是一位老师和她的小女儿,带着这只小兔子来听我们唱歌,真是惬意又浪漫。我们偶尔也会在教学楼顶层的天台上唱歌、弹吉他、呐喊,看对面教学楼里亮着灯光,疑惑他们是不是真的在学习。现在想来,不刻意的浪漫最戳人。

而H,是我最没有想到会成为好朋友的一个。他是我同班同学,每天吊儿郎当,没个正形,油嘴滑舌得很,班里总会有这么个人,很奇怪,偏偏还真的能得到不少人的喜欢。我们的交好可能源于坐在一起吃了一次午饭,我发现他的风趣幽默,简直是平淡食堂里的一抹亮色,我们总能笑到不行,震惊四座那种。一来二去,我们成了很好的朋友,其实我们是四个人成了很好的朋友,但相对来说,我与H更好一些。

好到他的异地恋女朋友会因为我们聊天太多,怀疑我们的关系,用他的手机把我删掉,而我某一天发现我们在通讯软件里成为朋友的天数怎么那么短,才知道这件事情。他应该是为了让我不要多想,才没有跟我讲。后来我多少会刻意地和他保持一些距离。

但我们之间是安全的,是可以深夜外出吃烤串、喝酒,醉醺醺地一起搀扶着回宿舍,也不觉得会出事儿的那种。我记得有次我醉倒在他肩头,隐约间感觉到我们俩的呼吸很近,然后回到各自的宿舍,第二天什么都过去了。我们四个人一起的时候,还会租电动车去采草莓,我搂着他的腰,也许有一瞬间有心动的感觉吧,但也就是一瞬间，在互相打趣后，也就忘记了。

就在昨天，我问了这几个人中的两个人同一个问题：你们觉得男女之间会有纯友谊吗？F超潇洒地说肯定会有啊，我们不就是吗？H也说，男女之间很熟悉之后基本就会超越友谊，一是可能继续发展下去成为恋人，二是因为各种原因没法儿在一起，然后成为陌生人，最后一种是友情没有萌芽出爱情，往亲情的方向去了，比如我和他，他最后成了我的"大爷"。时隔多年，他们一点儿没变啊。

我也相信，也许有那么一瞬间，我与他们想要发展出火花，但最后也确实变成了某种转瞬即逝的东西。那点儿心动撑不起一段亲密关系，最好还是往友谊深处走去。能成为朋友，一开始肯定是互相喜欢的，只是喜欢的程度只能到朋友这个份儿上。有人觉得男女之间没有纯友谊，那可能一开始其中一个便是抱着更深、更隐秘的目的开始的，或者慢慢发展成了更深、更隐秘的程度吧。

但于我而言，我们互相喜欢，但也只是朋友，这样也很美。

我可爱的男孩们，我在远方为你们祝福，哪怕我们只在彼此的青春里占据过很短的篇幅，我也觉得足够了。

夏天结束了,
我的梦
也醒了

> 在夏天,我们吃绿豆、
> 桃、樱桃和甜瓜。
> 在各种意义上都漫长且愉快,
> 日子发生声响。
>
> ——罗伯特·瓦尔泽《夏天》

"在各种意义上都漫长且愉快,日子发生声响。"多么美好的诗句,但不要过分去解读它们,就让这些字句像甘蔗一样,在嘴巴里慢慢嚼出甜味儿,再吐掉那些渣滓,只把甜留在嘴里、放在心里就好了。这是诗歌的魅力,也是夏天的魅力。

返回北京,夏天的踪迹就再也抓不到了,它的小尾巴真是足够短,短到无处追寻。我老觉得夏天就像一场暧昧的梦,深夜,汗湿,被热醒,然后人醒来,梦不见了,夏天也结束了。

我超级喜爱夏天,因为我印象深刻的事情都发生在夏天。

我记得刚来北京的两三年,我和当时的同事也是我的好朋友住在一起,我的床靠在窗边,那是夏天很平常的一个早晨,我被热醒，时间应该还很早，我往窗外望去，看到了很美的朝霞，红色、粉红色、微微的青色层层叠叠交织在一起。我不知道其他人会不会有这样的感受，看到极美的自然风景会心生感动，我就是如此，而在感动的同时还有些感慨，这么美的风景现在是我一人独享，我真是太幸福了。怀着这样的心情，看看距离闹钟响起的时间还早，于是再继续睡去。

不只是这样的早晨，还有很多夜晚我也一个人伴着小酒、听着音乐，关起门来跳舞，好看难看都不重要，重要的是能听音乐。一个人的生活变得没有想象中那么难熬，我渐渐找到很多让自己快乐的方式。有那么几次，我听到好听的、需要关灯的音乐，我就关掉房间的灯，躺在床上，摇着手跟着音乐摆动，在酒精的作用下，我觉得自己好快乐，这种快乐真是肤浅，但也真是快乐。窗外能看到星星，我就看着星星发呆，幻想哪颗星星会写我的名字呢？夏天真是好。

还有一个夜晚，和关系不错的同事彻夜长谈，我们躺在一个窄窄的床上，谈到动情处，三个女孩子一起掉眼泪，谈到与印象中的对方气质不符的事情，就惊掉下巴。那样的夜晚是我为数不多的属于女孩们的夜晚，发生在夏天，某个星期五的夜晚。

再早一些，大二的夏天，我和大学时期最好的两个女朋友去澳门玩耍，这个真是到目前为止难得的和好朋友出去玩儿的经历。我们白天在澳门游玩的时候一会儿姐妹情深，一会儿拌嘴到再也不想理对方，这样的戏码三番五次上演。晚上返回珠海居住，因为中间迷路了，所以到达民宿时已经过了十二点，路上遇见眼神暧昧不清的男人，我们三个就缩在一起，心里暗暗祈祷，赶紧找到住的地方啊。到了房间，三个人才放松一点儿，但是发现门锁有问题又紧张起来，于是我们三个抱成一团睡觉，互相打气说没关系，后来是怎么睡着的，也忘记了。如果不是在回忆夏天发生过的事情，这么重要的事情我居然快忘记了。

大三的暑假真的是有各种悲伤的记忆，马上到来的大四意味着我们就要各奔东西，有些人可能再也见不了面。我当时在广东上学，我们就到宿舍唯一一个广东女孩的家里做客几天。

那个夏天，真是热，我们晚上睡不着就在房间里讲起彼此的糗事，我似乎还露着肚皮跟她们力证我真的瘦了，大家应该笑得很开心吧。第二天，我们去竹林玩儿，竹林里似乎没有那么热，风景是怎样的我没什么印象了，只记得我们几个人站成一排，找了一个路人帮我们拍照，我们笑得很开心，每个人都咧着嘴，一副没心没肺的样子，这种样子之后真的再也见不到了。过了那个暑假，我们六个人分别走在各自的人生道路上，且永远无法回头，日子就这样漫长且意义不明地度过了。

其实季节是个很神奇的东西，它好像对应着人和人之间的交往的全过程。春天来了，是各自情感发芽的季节，交情开始产生，然后到了夏天，情感得到升华，变得浓烈，变得意义绵长，紧接着进入秋日，关系开始转向忧愁，并纠结在继续与结束之间，终于来到冬季，你知道了，关系就是这样变淡转冷，再不复夏日光景。

席慕蓉在《小红门》里说道："这个世界上有很多事情，你以为明天一定可以再继续做的；有很多人，你以为明天一定可以再见到面的；于是，在你暂时放下或者暂时转过身的时候，你心中所有的，只是明日又将重聚的希望，有时候甚至连这点希望也不会感觉到。因为，你以为日子既然这样一天一天地过来的，当然也应该就这样一天一天地过去。昨天、今天和明天应该是没有什么不同的。

但是，就会有那么一次：在你一放手、一转身的那一刹那，有的事情就完全改变了。太阳落下去，而在它重新升起以前，有些人，就从此和你永诀了。"

突然想起来的夏日往事，本来想要赞颂一下西瓜、啤酒、樱桃这些美好的事物，却发现再美好的事物也抵不上过往那些难以忘却的记忆，抵不上那些相处过的人。所以还是要待人温柔一些，因为一个转身，你们可能就再也无法遇见了。

夏天结束了，我的梦也醒了。

回乡
偶记

上周五是爸爸的生日,我悄悄返回家中,站在客厅中央时,爸妈还不敢相信,定睛看了好几眼才确定是我回来了。

爸爸妈妈一直说怎么也不告诉他们一声,我说我不是说了嘛,是惊喜,惊喜就是不能提前剧透啊。

我们坐在沙发上聊天,有的没的,最后集中在讨论如果我明年结婚怎么办的问题上。细节很复杂,中途我都有点儿听不明白了。

第二天是周六,没有什么特别的事情可做。于是上午开车跑去我们家当地的百货市场买地垫,没有合适的,他们还想给我买新泳衣,好让我下午一起去游泳,可是看来看去,泳衣样式太丑了,所以还是拒绝了。

下午闲来无事,爸爸和侄女去游泳,妈妈就拉着我去街上瞎逛。我们先去了一个商场,看望在那里卖衣服的小姨,结果偶遇了大表哥,一堆人胡说八道了一会儿,我妈就拉着我走了。走到我们当地人人都知道的广场,我妈给我讲秋天的时候这里的银杏叶黄得非常好看,好多人拍照。我给我妈讲我们小时候一群人在这里碰到的已经冻死的婴儿,妈妈直呼吓人。

我们还看到随着音乐跳舞的老头儿,他穿得并不干净,更谈不上好看，周围人都说他疯了，可我觉得，他还挺乐在其中。

我们还看到一对坐着轮椅的人，天气很冷，也不知道他们冷不冷，我说这么冷的天，在外面干吗呢，我妈说在家里也闷，出来人还多一点儿。

她还带我走到有一堆运动器械的区域，上蹿下跳非常活跃，她说我不在家的时候，每一天她和我爸都会这样出来走一走，锻炼锻炼。

她领我走了很多地方，每次换一个地方，我都问："你的脚还行吗？"因为她身体不算很好，特别容易这里疼那里疼的。可她都说："没事呀，非常好，很奇怪一点儿疼痛的感觉都没有。"走在路上的时候，我很不习惯跟人手挽手，但我突然想到我妈以前埋怨我跟她不够亲密，别人的女儿都是和妈妈手挽手的。所以我刻意去挽了她好几回，但最后还是会觉得不自然就放开了。

走到一个卖运动衣、运动鞋的商场里，她看中一条运动裤，其实不贵，打折后139元，她也不知道是舍不得还是怎样，明明看得出她很喜欢，她也没买。走远了才说，其实她只带了100元，是想给我买零食用。我说你别管价格，我给你买。

我们走了一会儿又返回那家店，她好好试了试那条裤子，这时老爸也来找我们了，都觉得很好，鼓励她买下来，导购还说买两件折扣更多，又拿了运动服来搭配，虽然知道这是导购的套路，但还是想让妈妈试一试。结果还真的很合适，价格也不贵，一共300多元，便叫她一并买下来了。我妈最后不好意思地叫我付了钱，还把100元给了我。

我知道记下的这些瞬间，对我的生活或者工作起不到什么作用。但意义就在于，我成年后，特别是在外工作后，与家人亲近的时间越来越少，我唯有每次都记下来，才算心里有点儿安慰。

周日早上很早我就要去火车站,坐高铁返回北京。我爸开车,带着我妈送我,我妈嫌车里冷,拿了羽绒服要给我盖腿,我还是粗鲁地拒绝了她。

其间她看我不说话,看了我好几回,我跟他们说我在书里看过,也听人们说过:"世界上很多关系都是从分离到结合,比如夫妻、朋友,但只有跟父母的关系,是从结合到分离,且不可避免。"

他们听了也只是说:"嗯。"

世间多少
舍不得，
中间藏着来不及

伤心和失意是会传染的，这种传染速度远远超过开心和愉快。人们向往美好没错，但时常是苦痛的记忆让一个人成长。深刻记得的往往不是哪个夏天喝了一口沁心的啤酒，而是哪个夏天有个人突然就不见了。

前不久我在微博分享了最近的心酸瞬间，其中之一就关于我的朋友，她的父亲最近去世了，是因为癌症，不是故事里的"患病多年"，而是在查出病症的一年后，没有发生传说中的奇迹，就被死神带走了。

得知这个消息的时候，已经是朋友父亲过世的一周后，她并没有来得及和朋友们交代，事情就结束了。悲伤的情绪因为后事的忙乱，被冲走不少。等我知道的时候，她已经稍稍缓过神儿来。我们视频聊天时，我小心地不去碰她这个伤口，还是傻乎乎地跟她聊减肥，聊化妆，聊她最近有没有交男朋友。可心里难免好奇，还是憋不住问了她心情如何。她的镜头刚好晃了一下，我看到她父亲的照片，被黑色的镜框框着，悲伤从心底生出来。这时她说："我就当他在外面，还没回来。"

这一句话讲出来,我眼泪"唰"地掉下来,止不住地掉。可能有人会觉得奇怪,觉得我矫情,那是因为我想到了我的爸妈,跟朋友爸妈基本同龄的,我的爸妈。

前几日公司的财务姐姐带着小孩来公司,她的小孩是个女孩,非常乖、非常安静地坐在角落里写作业,经过的同事会跟她打个招呼,她也只是张大眼睛看着其他人。我看着那个小女孩,突然想到我小时候,也是类似的经历,只不过不是在父母的公司等他们下班,而是在批发市场等父母采购结束。

那个时候跟着妈妈,她骑着她的白色摩托车,到离我们县城车程半小时的批发市场,采购我家小卖部需要的商品,时间很长,大人们总在纠结哪些东西是不是买贵了。我等得很累,在摊位地上的编织袋上睡着了,睡了多久不知道,妈妈找到我的时候满头大汗,又哭又笑,边骂我边拉着我走。

这个记忆一直留在我心里,很多年后跟妈妈聊天,原来也留在她心里,她说觉得对我很抱歉,那么小的年纪,跟着大人四处奔波,也没让大人太操心,安稳地长大了。她觉得这是件难得且幸运的事情。

越长大越不吝啬地跟父母撒娇、讨欢心,好像越长大越"没皮没脸"。但也是在写下这些文字的时候,我突然想到,可能是因为我知道来不及了。如果我这个时候不多像小时候一样撒娇,不多像个孩子一样跟父母相处,以后机会可能会越来越少。

长大后舍不得父母受罪,所以在跟他们出去玩儿的时候,无论多少钱,我掏,只要他们觉得开心就好,只是希望在有限的时间里,能让我的爱意表露得更多一些。再吵再闹,也还会因为心里被他们暖过的一小寸，变得不敢暴怒。

怕来不及对他们好，所以舍不得他们不好；

怕来不及让他们看到想看的一切，所以舍不得因为自私让他们看不到；

怕来不及告诉他们我有多爱他们，所以不吝惜地一次又一次跟他们表达爱。

世间多少舍不得，中间藏着来不及。

在外漂着的人，
在每个春天
回家

刚刚过去的半个月，属于年前集中忙碌的半个月，来来回回因为一个不算很大的项目跑前跑后，生气，加班。到真正结束的时候，这些都化作一声叹息，长长地舒出来。这段时间和父母的联系极少，本来还有一周一到两次的视频聊天，这段时间也基本没有了。

时不时会觉得亏欠和愧疚，所以在他们平时要我帮忙网购的时候，我都会掏自己的腰包，好缓解一下内心的愧疚感。

上个周末我和K参与了一个答应他朋友很久的街头采访，中间有个小试验，给家里人打电话，跟他们说过年不回去了，看看他们的反应。K一早就预料到这种事情不能跟他妈妈讲，因为她会极度崩溃，相比之下神经大条一点儿的我妈就成了这个"整蛊对象"。一开始电话打不通，打通后我妈因为没有听出我的声音就挂掉了，再用微信语音才打通。一家人嘻嘻哈哈地说忘记存我的电话号码了，我也哈哈几句，说有个正经事要宣布一下，我妈以为是我们商定结婚的事情，没承想是说春节不回家。于是，她的语气瞬间变得激动，直言："好失落啊，熊孩子，难道晚一天也不可以吗？"说到这里，我的声音开始颤抖，悄悄哭出来，赶紧找个借口挂掉电话。朋友还在采访我什么心情，我只觉心里凄楚，哭到说不出话。缓了一小下，我才能正常说话。

结束录制后，我赶紧给妈妈解释，她这才放下心来，再三确认我是在逗她吧，春节真的是要回家的吧。那时我心里只觉得自己真是个罪人哪。

说到回家的次数，从高中的每天，到大学的每个寒暑假，再到工作后的有限几天，在家的日子越来越短，虽说人生还有两万多天，但细细算起来，父母已经没有那么多天来等待我们。一面是大城市的所谓"发展"，一面是小县城的家人，虽是残忍的决定，但大家还是会先选择看向未来吧。而那个故乡，就变成了远远的存在。

我从来没觉得父母是温柔的，他们给过我暴虐不安的童年，我也很少觉得父母子女之间是有爱的。可年龄渐长，见识到的事情越多越觉得，其实他们都是很温柔的人。温柔的人也不是时时会把春风一样的话挂在嘴边，而是把苦难挪到别人看不见的地方，默默消化。

每逢年底，总觉得自己一无所获，赚到的钱寥寥无几，想回报又不知道要拿出什么好，在年关踟蹰徘徊，想象着来年应该会比现在好吧，至少不会一无所获。怀着这样的念头，才能一年又一年地前进。

我知道，回到家里，肯定过两天就会和爸妈拌嘴，会烦他们的愚昧，会觉得这个县城真小啊，走几步可以走到小时候觉得很远的地方。我睡觉的地方只是一张小床，妈妈会跟我抱怨家里好冷，想要住进新的房子，爸爸年纪更大一些，比我想象中要老得明显。家里杂事纷乱，之前见过的大人，还在世的有几个人呢?

我也知道，说是要好好陪伴父母，每个下午还是会用一两个小时见见朋友，聊聊八卦，听他们的近况，即使早已与我无关。然后爸妈会叫我早点儿回家吃饭，而我可能到了饭点儿会打电话说不回家吃饭了，忽略父母的失落。

我还知道，再过几天我就想要开始工作，又陷入"工作有什么意义"和"留在北京干吗呀"的疑虑之中，然后和K平淡幸福地过日子，父母会慢慢退到我人生的第二顺位。

即使事事都知道，也偶尔想要反着来试试看。就待在家里，待在他们身边，听他们唠叨吵架，拍他们的皱纹，讲对新房子的期待，少去见朋友，和他们商量来年的出行计划……试着挽回那巨大的愧疚感中的一小点儿。

在外漂着的人，在每个春天回家，在春天还没结束的时候离开，在下一个春天再回来，而这样的春天不知道能有几个。

我想说的话是："即使相隔很远，即使没法天天见面，我希望他们不要担心我，希望他们拥有自己的生活，自私一点儿，多想想自己的玩乐。而我，真的是一个很幸福的孩子啊。"

你要开始
一个人
生活了

你今年虚岁二十三,或许还要再小一点儿。

你从大学校门走出来,前一刻你还在忙着擦告别的眼泪,跟大学同学的分别,让你不舍,你虽然嘴里说着"现在交通这么便利,我们想要见面的话,一张机票就可以立马出现在对方面前",但你心里明白,此去经年,也许再无相见之期。

马上你就要擦干眼泪,坐上开往北京、上海、杭州、广州、深圳、成都的列车。车子开出后,你流尽了大学最后的一些泪,开始为未来担忧。前方会有怎样的妖魔鬼怪,又或者蜜糖诱惑,这些都是未知的。但无论怎样,你总是相信未来是美的,路的尽头就是梦想,城市的夜晚亮着不灭的灯,商场说不定都是通宵营业。

在紧张、忧虑的同时,你还有更多的期待。未来似乎就在自己手里,你的未来将要交给自己做主了,爸妈再也无法过多干涉你的生活,他们都是普通人,没有通天的本领,也许在老家做个公务员或者老师,他们还能帮忙说说话、托托关系。你知道,今后一切都要靠自己了。

下车后,第一次迷茫来临了。地铁线路那么多,说前方在脚下,可脚下的箭头也指向不同的方向呀。你该选哪一条路,那条路是否通向你的梦想?你不知道,没有人知道。你唯有走走看,嗯,下定决心你就走走看。

投简历、面试、回答许许多多重复的问题,你在前三家面试时还踌躇满志,初生牛犊不怕虎般地应对,但投出去的简历再也没有回信,你甚至接不到面试的通知。你开始担心,自己带的钱还够在这个城市撑多久呢?

你仍然是宿舍群里最活跃的那一个,大家问起你的大城市打拼之旅,你也只说了好的那部分,只有最亲近的人知道你碰到的挫折,但你们都保持默契,谁都不说,因为别人也是一样的。

终于,有家不好不坏的公司发了offer(录取通知)给你,工作岗位谈不上非常喜欢,但是也没有很差劲儿,你心里以为可以在大城市有一席之地了。接下来你处理租房的事情,这些地方的房租都太高了,实在难以想象,家里三四百块就可以租到不错的房子,在这些地方,这只不过是一个零头。你打通家里的电话,问他们"借"几千块,应付一下这几个月的房租,你特意说了"借",是因为你觉得现在你要自食其力了,即使借助家里的力量,也想着有朝一日要还回去。可是,你知道吗?在妈妈的眼里,你在外面已经够不易了,怎么可能还叫你"还"呢?人情是还不清的。

你住在了距离公司十多公里的地方,通勤要一个小时,每天有两个小时在路上。房子是个老小区,刚租下来,马桶非常容易堵,而隔壁邻居是个不太爱干净的人,她只在乎外在光鲜,从来不会想着清理公共区域。偏偏你又爱干净,所以倒厕所垃圾的事情就变成你一个人的事情了。

你的房间属于隔断间,没有锁,也没有灯泡,只有一个接口。

你跑去超市，买来灯泡，却发现型号不对。你第二次发觉一个人生活真的好难啊，你想哭，但是又哭不出来。电话里跟爸妈随便说着，也不敢说太多，想着一个人总得学会解决这些问题。

时间一天天过去，租房问题磕磕绊绊地搞定了，你也开始学着工作。难的部分似乎都过去了，你要开始享受美好的部分了。

你的城市，周末有各种各样的活动。你像一只花蝴蝶蹿来蹿去，希望可以结交一些有同样爱好的朋友。当然你也有了一些人的联系方式，回来想着要打开话匣子，跟对方聊聊在这个城市的孤独、收获和不适。可是却不知道怎么开口才好，考虑说点儿什么的时候，时机却过去了。也没有交到真正的朋友，可你还是想要再试试看。

作为一个成年人，孤独的时候太多了。上班还好，上班的时候还可以和同事们聊聊天、开开玩笑，大家看你年轻，还会逗你。如果你性格很好，说不定有些不错的哥哥姐姐，能在工作中帮到你。可是下了班就完蛋了，这个时候你宁肯加班，因为回到家也不过是孤孤单单一个人。

一个人吃饭，太贵的偶尔点一次，日常就是小吃摊儿。好在路边有许多小吃摊儿可以吃，牛肉宽面、东北烤冷面、台湾手抓饼、凉皮凉面……要说果腹其实也差不多了。可是听说这些小摊位都会被整改，不允许出现在你小区附近。你开始思考：是否需要做做饭了？最后买了厨具、食材，可也还是没有每天做饭。一来太麻烦，二来一个人在家吃饭，自己做饭，自己吃掉，自己洗碗，似乎有点儿太孤单了。可是你忘了：你还有一个人去火锅店的时候吗？那个时候的孤单不是更强烈吗？

你把这一切都适应了，你可以一个人生活，你可以一个人去看电影，你可以接受没有人一起出去玩儿，你也可以全盘接受这些看着没那么好的部分。可你仍然想要更好的。

你也学会去蹦迪了，喝71元一杯的酒也不觉得怎样，多了就别点了。外面的世界也不知道都有什么样的人，你还是要时刻保护你自己。

想谈一场成年人的恋爱。但现在成年人的恋爱，需要两个独立的人，你不知道你算不算真正的独立。可能你会遇到抠门儿的人，不听解释的人，很爱生气、很任性的人，他们可能都还没有找到自己，也没有真的独立。不要紧，你肯定会遇到同你一样独立、美好的人。你们是两个独立的灵魂，知道彼此在人世间，一个人也能活得好，但两个人在一起，会得到一加一大于二的结果。你现在等不来，不要紧，耐心一点儿。

你终于学会一个人在家里静静地看书，找来经典电影一遍遍地咀嚼里面的细枝末节，你会在高兴的夜晚，到楼下看看月亮、星星，你偶尔会在家里微醺，听着音乐，沉醉着，很开心。你也可能养了一只宠物，它是一只坏脾气的猫，平时不理人，也根本不把你放在眼里，可是在你因为工作焦头烂额、因为坏情绪哭泣难过的时候，它会跑过来蹭蹭你的腿。它真神奇，一蹭一抱，你的心情居然就好起来了。

你在网上看到一个博主说：

1.接下来，你要真的开始一个人生活了。

2.开始会艰难，但不会过不下去，你要开始计划你的生活，你要为你自己真正地操心。

3.你要尝试去和真正的自己相处，向自己内心多问问：你是谁？你在哪儿？你在做什么？你以后想做什么？为了做成什么你应该要怎么做？

4.慢慢接纳自己，然后再去想什么是热爱的，什么是需要坚持的。

5.你会建立新的社交圈，你们不一定是从小一起长大的，但你们会是价值观吻合的朋友。

6.你也会碰到你心仪的男生／女生，他／她跟你的灵魂是契合的，而不是他／她只是适合过日子给你安全感把钱赚回家就行。

7.你已经一个人生活了一段时间，可能是半年，可能是一年。那些艰难的生活也没有完全过去，但她说得似乎没有错，你在朝着更好更适合自己的方向去。

你还记得廖一梅有句话是怎么说的吗？"我经常有那种感觉，如果这个事情来了，你却没有勇敢地去解决掉，它一定会再来。生活真是这样，它会一次次地让你去做这个功课直到你学会为止。"你要勇敢起来，毕竟生活总得一天天过下去。

你只要在心里默念"不要怕，这是个既美好又糟糕的世界，你只要尽力去做个温柔独立美好的人，去付出努力，哪怕只是改变世界一小点儿，你的未来就不会坏到哪里去，一个人生活也不怕的"就好了。

不要害怕戳破生活的假象,

不要为了惯性而活着,

不要不进步。

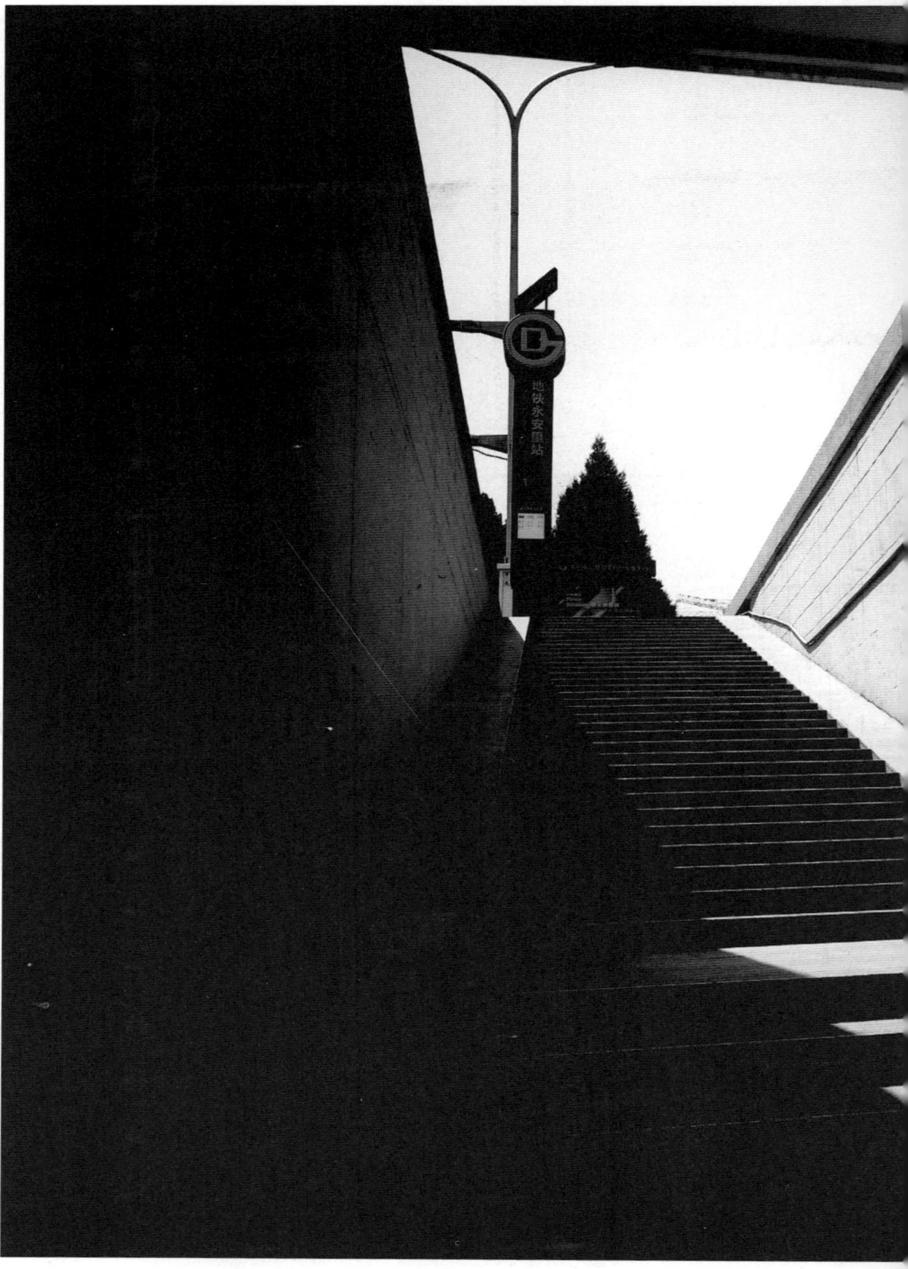
地铁永安里站

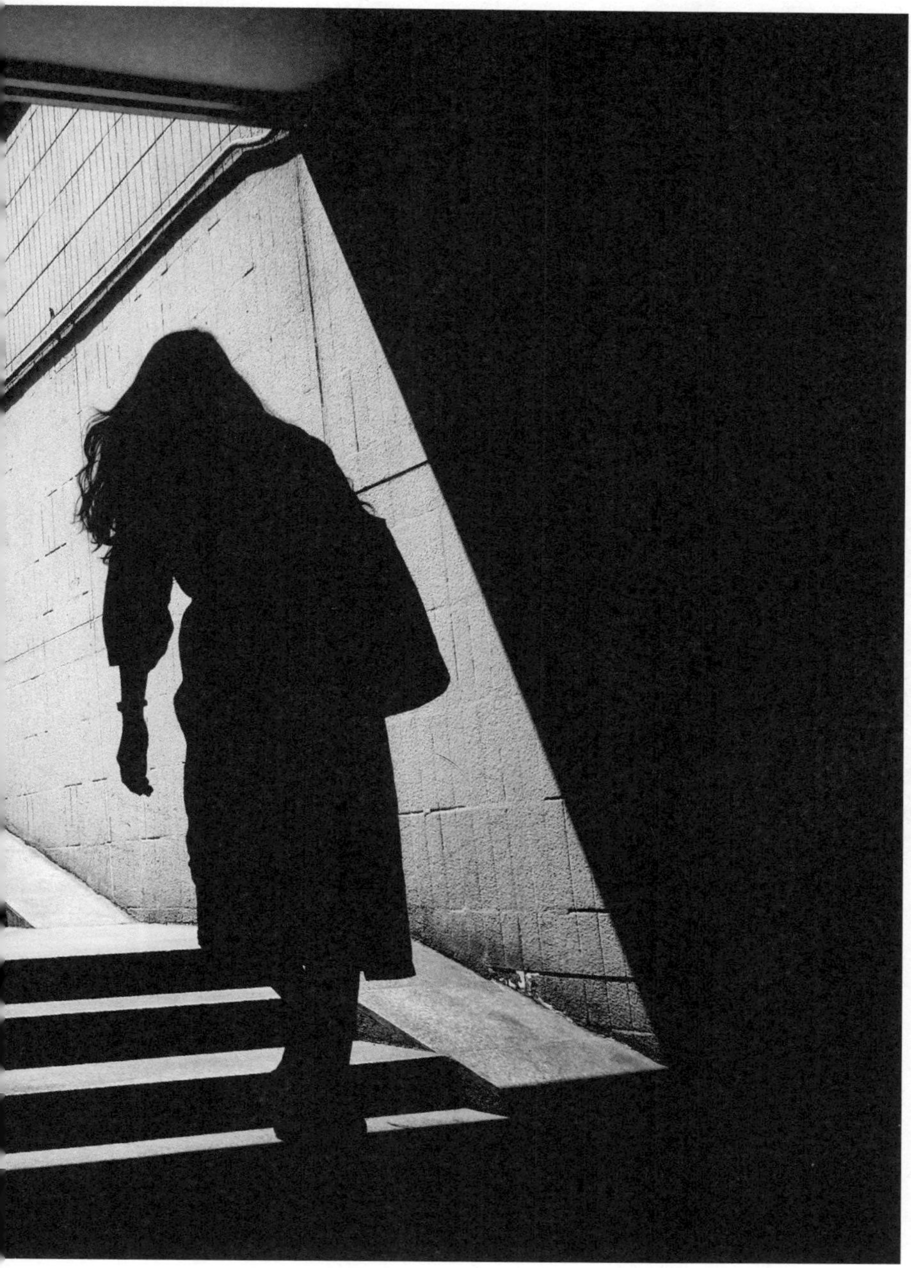

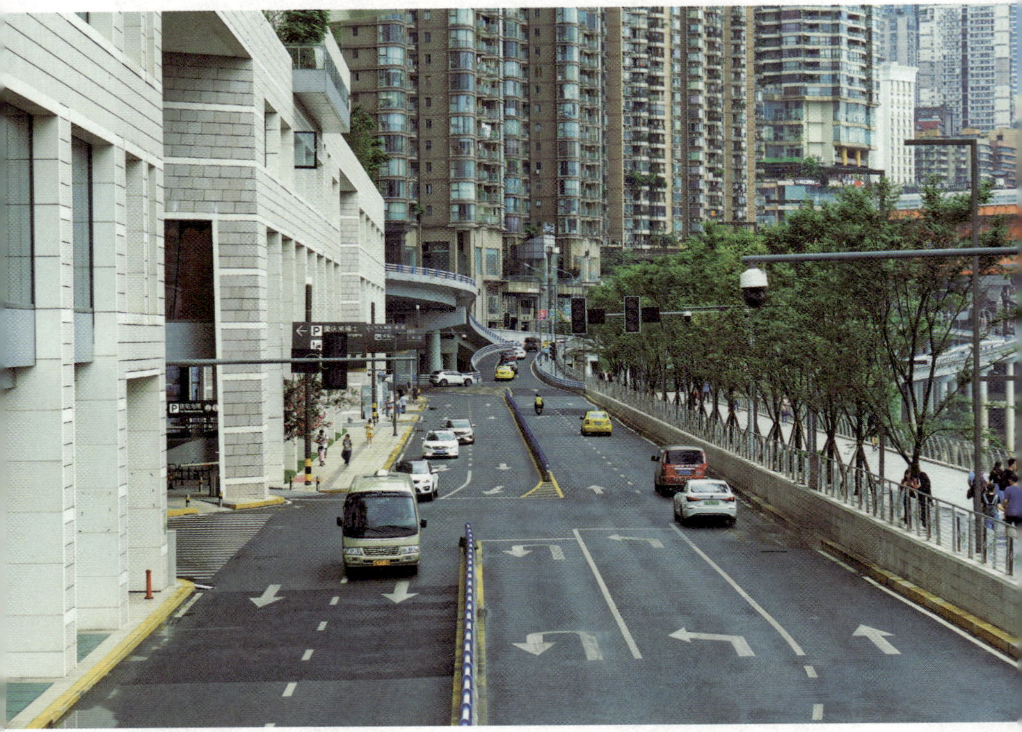

大象書店
THE ELEPHANT
BOOKS

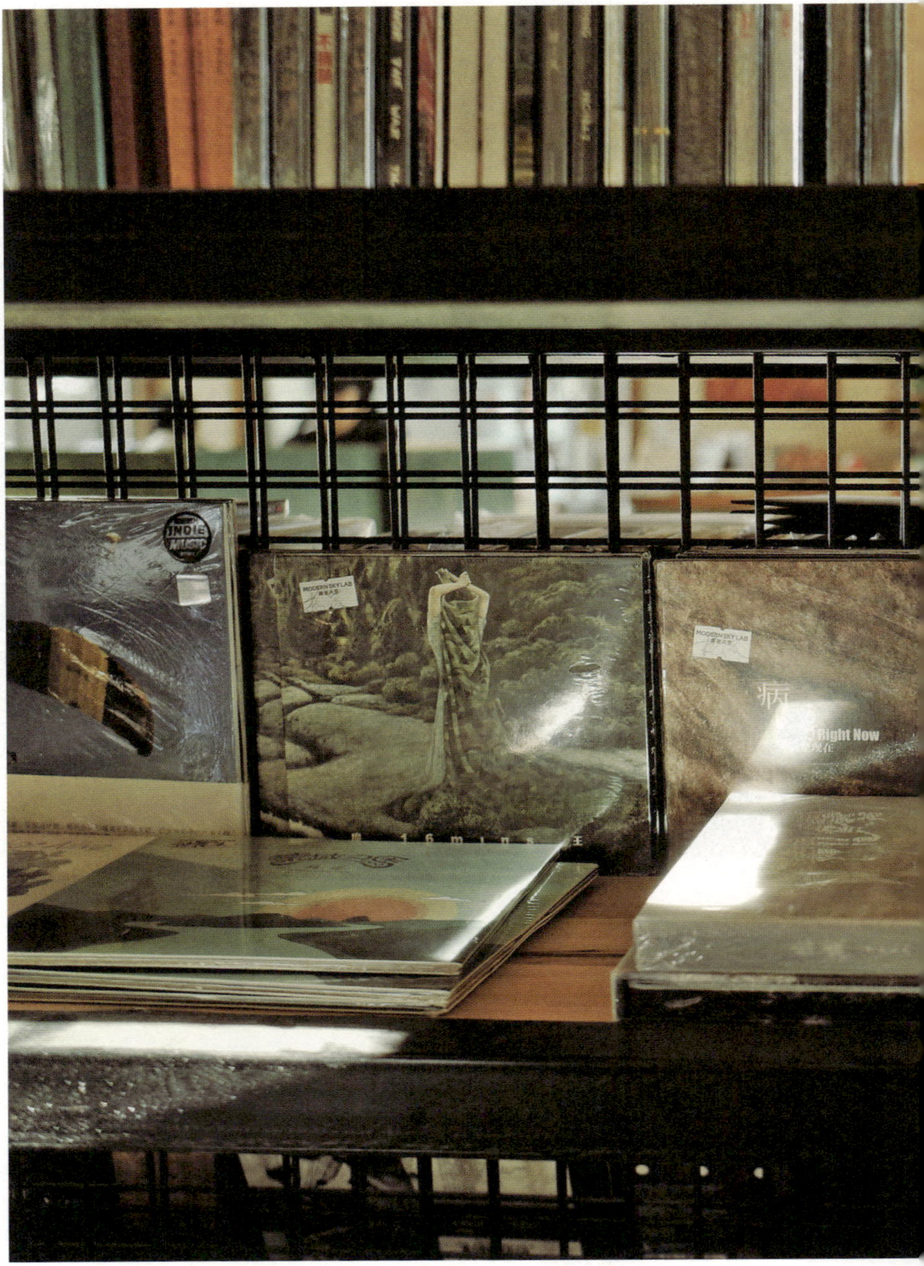
INDIE
MUSIC
MODERN SKY LAB
MODERN SKY LAB
病
Right Now

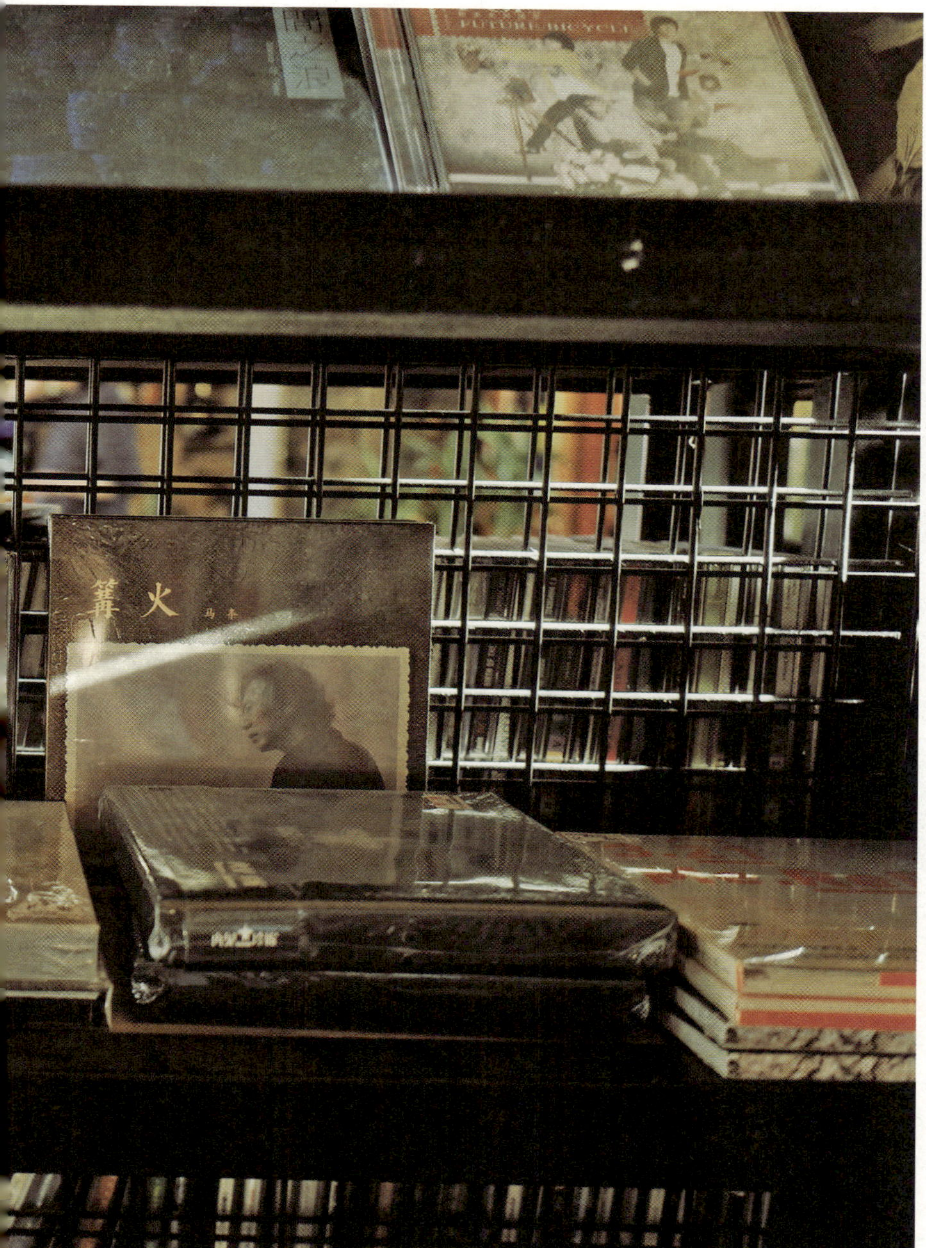
FUTURE BICYCLE
篝火
马条

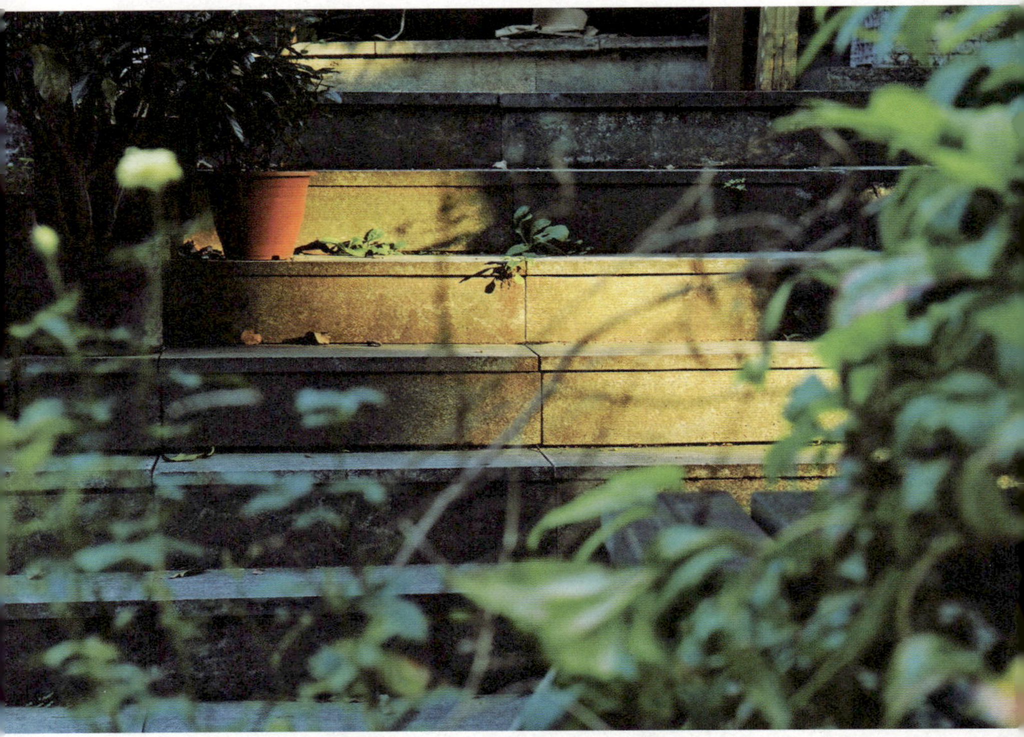

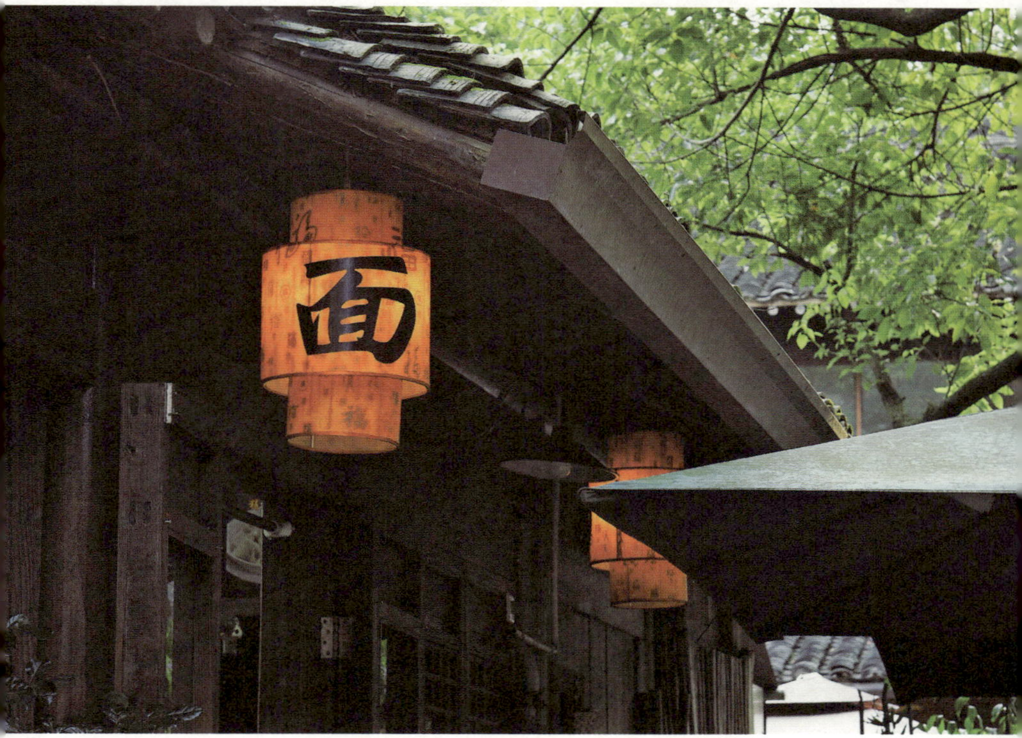
面

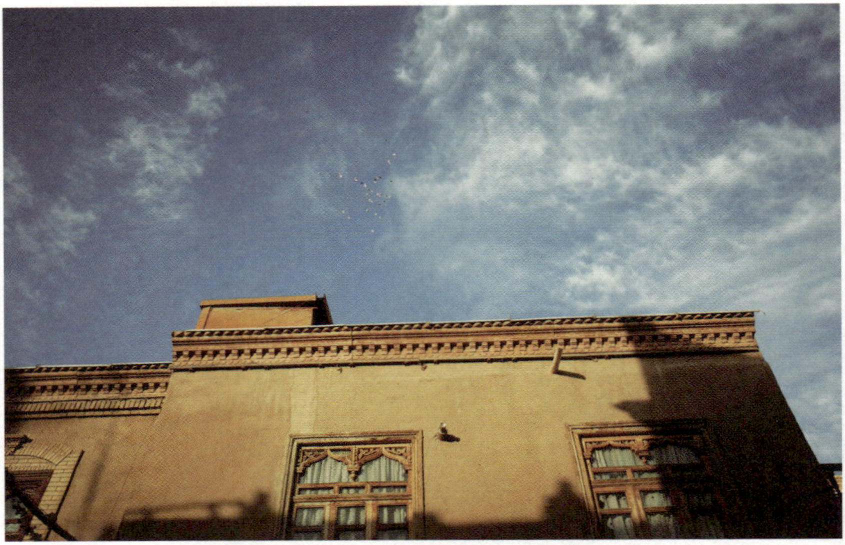

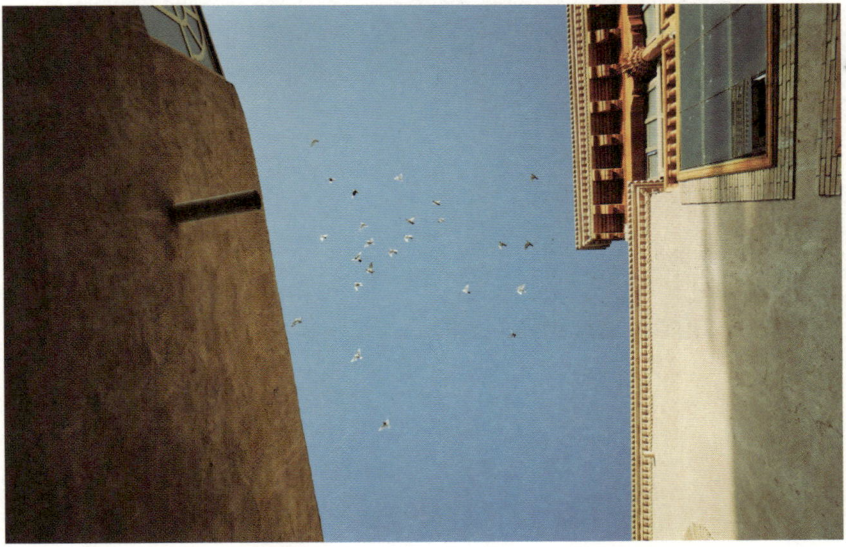

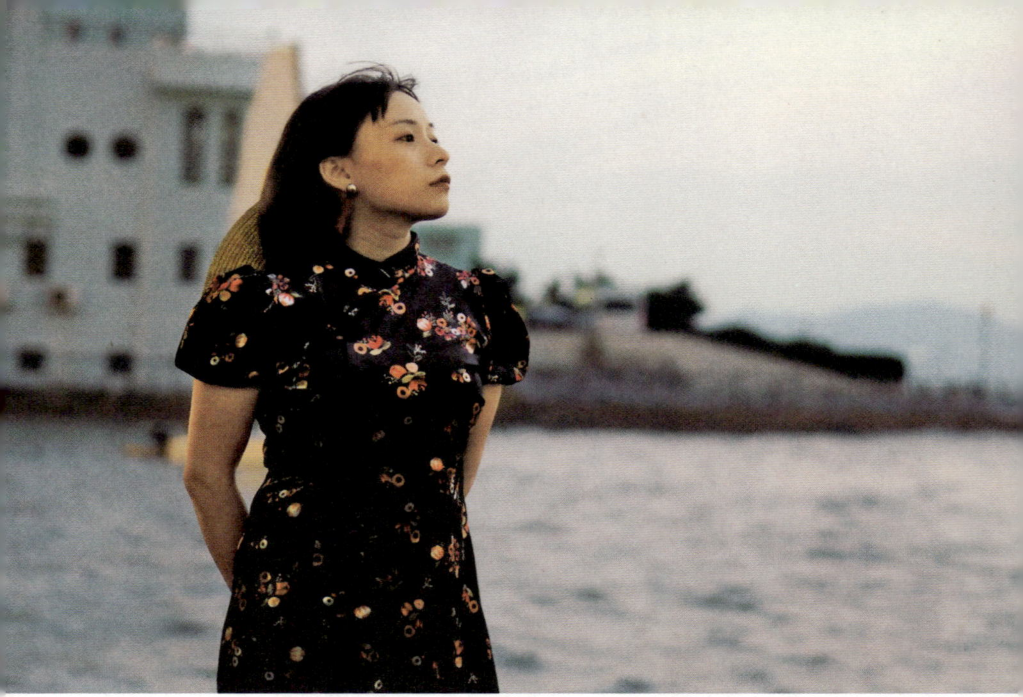

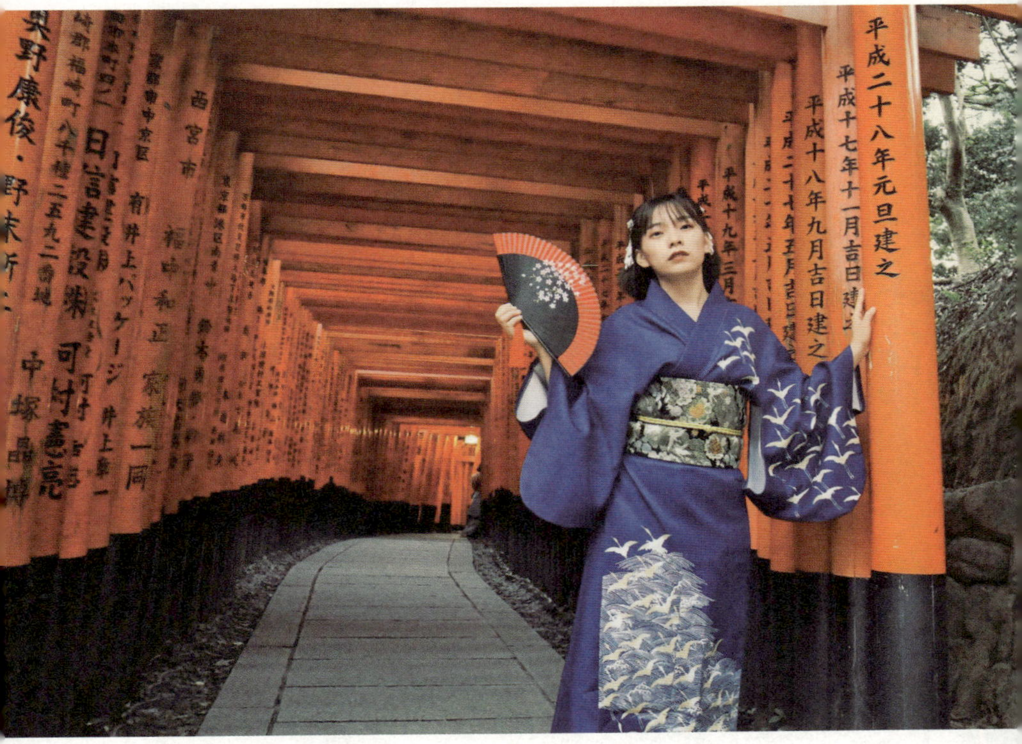
平成二十八年元旦建之
平成十八年九月吉日建之
西宮市

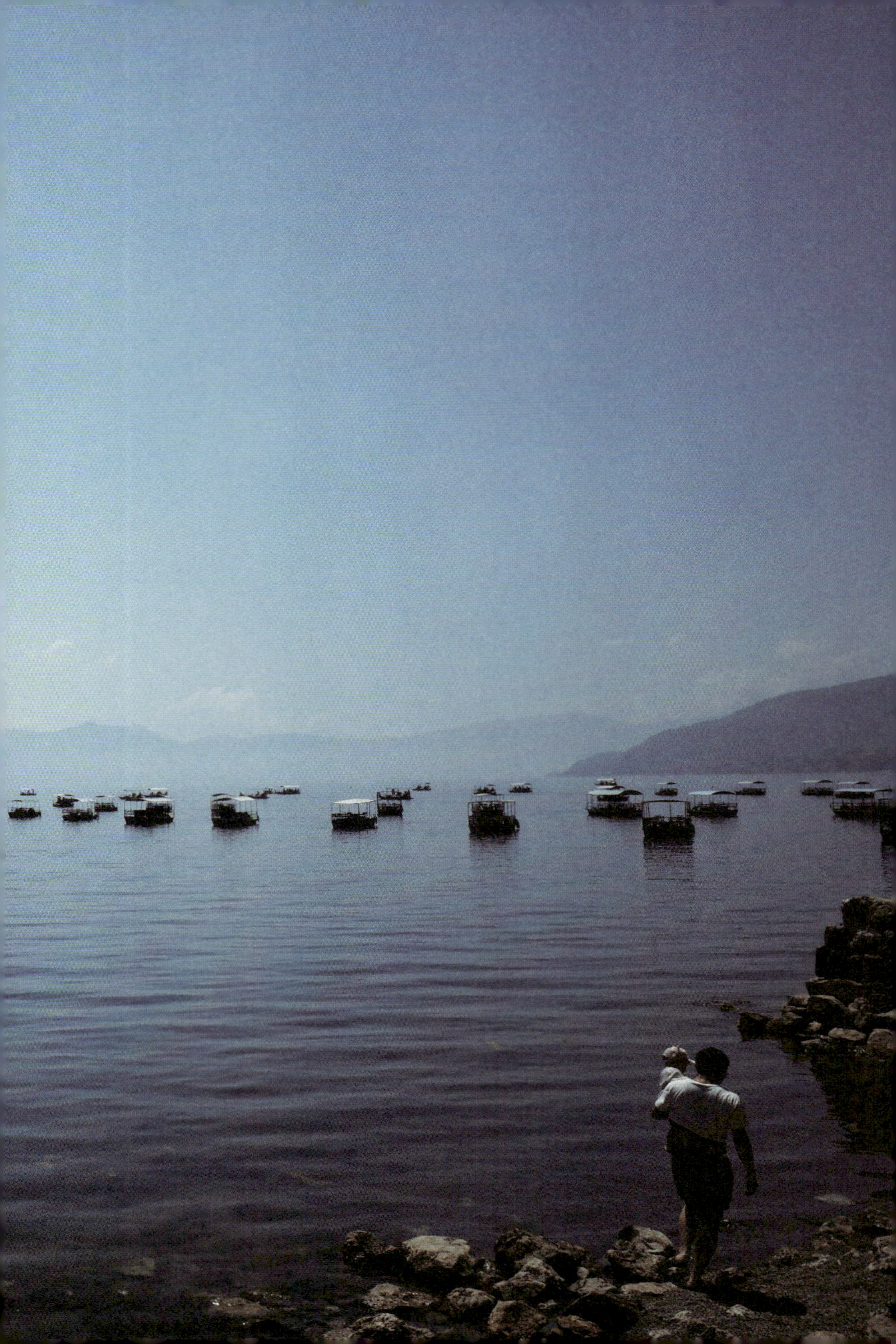

这时候，
容我胡思乱想
一下

∧
Chapter
3
∨

放弃
事项清单

一篇文章开头要怎么开，是我非常焦虑的一件事情。又想要写得精彩、独特，又想要平实、真诚，要兼顾两方面的时候，会觉得好难，非常难。就像一年的开始，或者结束，该怎么开始和结束，才能让这一年显得独特一点……每每想到这些都会有些焦虑。

每年年底的时候，我会整理自己在年初列的 To do list（必做事项清单），连续了几年之后，发现一个真相是：似乎每一年的计划都没有太大的变化。那我列的意义又在哪里呢？人类也搞不懂人类的想法吧。

偶然间在豆瓣看到一个话题：2021年放弃事项清单。突然戳中了我，对呀，我们年年都列必做事项清单，但其实随着年岁渐长，放弃有时反而比追逐显得更重要一点儿，因为那意味着放下一些什么，我要开始"重新做人"了（当然有言过其实之嫌，但我看到的时候，心里油然升起这样的念头，也是很神奇）。

我整理了自己的想法和微博评论的回复，发现了当代年轻人还是有非常相似的地方，且听我细细道来。

放弃无谓的浪费

过度包装,不经过大脑慎重思考的购物,吃不掉的饭菜,只穿了两次的新衣服,一时尝鲜买下的八厘米的红色高跟鞋……我理解购买的当下,可能是让自己走出安全区,去冒险尝试一下自己没有涉及的领域,可是尝试过后发现自己还是要怯怯地走回安全区,因为那个区域其实才是真的适合自己,让自己最舒服的。

希望自己减少无谓的浪费,思考再三还没有下定决心买的衣服,那一定是不需要的衣服,犹豫穿着上街会不会尴尬和不舒服的鞋子,那一定是不需要的鞋子……早知如此何必当初,扔的时候才知道当时买得并不合理,不如从一开始就不要乱下手。

放弃攀比:物质物品的攀比,还有与人的比较

包包是不是奢侈品牌不重要,坐地铁的时候,再贵的LV也会被挤到。人人都可能有这种经历,我也有,当我挤地铁的同时还需要保护包包,我就累了,还不如背一个便宜的帆布包,怎么欺负它都没关系,心里瞬间变得轻松无比。

上面这是一种物质的攀比,还有一种内在的攀比是:别人那么好,自己怎么这么平凡?放过自己吧,别事事都和别人比,别为那个平凡的自己感到失落。人总会回落到地面上,发现自己的平凡,接受自己的平凡,然后在地面上开出一朵最简单的花儿。这不是也挺好的?

放弃追求潮流

潮水涨上来的时候，我知道我们都没有能力避开，但是我们是否有能力坚守住自己的一根稻草呢？

每年都有潮流：穿衣的潮流，发型发色的潮流，读什么书的潮流，看什么电影的潮流……人们有喜欢追着热点跑的天性，但我想肯定有不追的人，也肯定有逆着来的人。而我想在2021年做一个不追的人，毕竟跑步太累了，当我们追一个潮流的时候，另一个潮流已经要拍打上来了，我们永远无法跟上它的步伐，还是算了吧。

放弃追寻人生的意义

生命本没有意义，很多人都这样讲过，周国平就是其中的一位。意识到这一点后，不要转头疯掉或者失控，不要循着"无意义"走下去，而更应该去相信他的另一句话："人生本身是没有意义的，但是寻找人生意义这个过程是有意义的。"为什么这么说呢？因为我们所做的事情都是在重新创造意义。

放弃追寻人生的意义，转而去创造人生的意义。微小具体的事情，都可能使人生有了意义，不要放弃这部分的乐趣。

以上是我想到的我的放弃事项清单，我还整理了一些网友的想法，想试着融入一些我自己的观点，不一定对，大家听听看。

有人说放弃爱情、养生或者其他，拼命赚钱。

我想说，虽然钱很重要，但肯定不是最重要的。有很多快乐是钱买不到的，而钱能买到的快乐也只是一瞬间的。我知道有很多事情很复杂，譬如爱情，譬如人与人之间的关系，可是世界的美丽不就是因复杂而构成的吗？

你知道朋友是怎么形成的吗？是你欠我一次人情，我还你一次人情，彼此相欠，彼此供给，由此互相成长才形成的。

人和人的关系都是由麻烦构成的，这确实复杂了一些，但也确实富有魅力，因为下一个选择怎么做，都是悬而未决的事情。这份神秘，多吸引人。

所以不要为了赚钱这件事情，放弃其他更有趣的事情。

有人说放弃维持表面关系，放弃无意义的社交，我附议。

有人说放弃做不快乐的或者别人希望的自己，我附议。

还有人说放弃制定计划、目标。但我还是做了一个放弃事项清单……

整理完这些，我想绝对不能放弃的，肯定还是爱、美和自由。就让我仓促地结束这篇文章，进入丰盈的、新的一年吧！

人生总是
起起落落

这一个月过得像一个世纪一样长,每周的时间被拉到无限长,有时候我真想一觉醒来,发现眼前种种皆为梦境。可现实不是梦境,所以该受的还得受着。

气鼓鼓地攒了一些委屈,本来以为我能说很多,能倒出所有我想倾吐的情绪上、心理上的垃圾,临下笔才发现,其实不过如此,能说出口的痛苦也不过是些慢慢会变得小到不能再小的事情,而那些巨大的痛苦必定是难以说出口的。这么想来,这段时间的凡此种种都不过是日后的小事一桩,时间跨度也不会很长,大概是一个月之后即会产生这样的想法。

每年的四月貌似都过得不太平,去年的四月喜欢的男生喜欢了别人,兴冲冲地奔去她的城市,而我一个人跑去杭州,全程都被一股情绪牵动着,想着"我要玩儿得比他好,我要玩儿得比他好,我一定可以玩儿得比他好……"结果是我在雨里游玩了好几天,一个人晃悠,假装很开心、很享受一个人的时间,其实结局是我输了,他玩儿得好过我,我变成个败北的将军,但也得咬着牙兑现之前吹过的牛。

这个四月则好像一直在磕磕绊绊中度过，工作像是在坐船，一不小心就会翻船，或者一个大浪打过来，人就得在晃晃悠悠中紧张地站好。当然也怪自己是个疏忽大意的人，需要付出几次代价才能纠错，成年人就是不断为自己的错买单，只不过希望这单子要付的代价小一点儿。昨天还和朋友讨论，好像在工作中很多人都觉得自己的付出和得到不成正比，不只工作，情感、家庭、人际关系都是如此，每个人都委屈，每个人都这样觉得。

　　对工作其实没什么可指摘的，不过是适者生存。觉得合适的、舒服的就做，没那么适合的就调试，调试不来就换别的。别那么看重，现在的社会真不会让人活不下去，不过是我们都想活得更好罢了。

　　前天晚上我跟K游泳回来，坐在沙发上突然崩溃大哭，杂事很多，没一件可以立马解决，而他这周每晚都有新的问题要跟我讲，内容基本都是我不好的地方。原来没有人是没脾气的人，被念了太多的不好，我也会有脾气，且不知如何应对，累积了三四天的怨气，终于在前天晚上爆发了。开始挤眼泪的时候，心里怨恨眼泪怎么还没流下来，挤了一点点后开始越流越多，到最后止都止不住，K则忙活着先把泳衣洗净晾干，歇下来才看见我哭了。先是坐在我身边抱我一会儿，让我在爱人的肩头哭一下，说我哭得好好笑，还360度拍视频记录。

　　人可能真的会有突然崩溃大哭的时候，也许是体内淤积怨气的气泵终于满了，不得不放出来一些，不然会憋坏，最后生病。所以啊，有怨气的时候，还是要想办法发泄出来，选合适的方式，不要一个人憋着，也别找消极方式。

　　这可能是我产出内容最少的一个月，剧本只完成了一个，文章只写了一篇，电台节目也只录了一期。新关注我的朋友可能不理解我很多时候都会说"谢谢你不会走"，我是真的谢谢他们愿意等我这种更新慢的博主。希望度过这个没什么特别好事发生、人又很低迷的四月后，就是热情奔放、努力向上的五月，我会迎来创作井喷的时候。

　　这段时间最大的体会就是人生总是起起落落，但是"落落"的时候似乎比"起起"的时候多。但还是会有不少人愿意相信"落落"之后肯定还会有"起起"，就像刚刚我在微博问"你们的四月过得怎么样"，很多人都说不好，但也有人说"有点糟，但在努力变好"。我觉得有这样的心态，人就不会一直颓下去，"落落"的时间即使长一点儿，也一定会有"起起"到来的。

三月五日
我想得特别多，
没有具体含义

地铁13号线，有一节很长很长的路是暴露在外面的，不是"地下铁"，而是"地上铁"。在地铁行驶的过程中，我总喜欢安静下来思考，晃晃悠悠之间形成的想法，像是一场祭祀，就发生在我坐地铁的这些时间里。

路过一片有很多树的地方，春天还太早，还不到树木成林的程度。有零星几个人走在其中，看得出道路宽阔，或者说过分宽阔了一些，每一条树林间的路上，就只有一两个人走着，我不确定他们的年龄，但突然有些羡慕。乘地铁去高级办公楼上班的人，和沐浴在阳光下的另一部分人比，不知道谁更快乐。

这段地铁之后会路过很长一段和高速公路平行的路段，我既在地铁里看过公路上的汽车，也在汽车里看过轨道上的地铁。两种感觉是非常不同的，在地铁里看的时候，总觉得汽车里的司机是自由的，他们的车开往北京的各个角落而不受限；在汽车里看的时候，又觉得地铁可真棒，它只有短短的那么一截儿，开过就开过了，而汽车前面还有很长的一段堵车，什么时候是个头儿呢？

生活什么时候是个头儿呢？什么又是"头儿"呢？

出13号线，换乘。挡在我前面的大个子男人穿着牛仔外套，衣服背后有一行字——"Silence is an answer too."如有神助，当我寻找答案的时候，前面的人告诉我"沉默也是一种答案"。对啊，我不必张口说，不必到处问别人：什么是意义？什么是生活的意义？怎样的生活需要过？而我又该抛弃或者迎接怎样的生活？生活好像并没有待我不公，而我又为何偏偏总觉得差一点儿我就满足了？

长——长——长——长的一段路，我脑袋空白着，遵循着前一个人衣服上的警告，保持安静。空白的同时我也在想，大概是因为我没有什么秘密吧，既没有私房钱，也不需要谋划一些奇怪的事情。没有秘密就没有了刺激，刺激是生活的调味品，是辣椒，是吃了会拉肚子，但下次还会想要吃的东西。

转眼间15号线的门口，聚集了很多人，算了，每天都是这么多人，早就见怪不怪了。世界是什么时候生出这么多人的？真是一个好问题。繁殖是人类最原始的欲望，现代生活的无谓忙碌则成了谋杀欲望的一大杀手。偏偏你对这忙碌哑口无言，因为一穷二白，因为只要一停下来，说不定就无法活命。我最近看的《富爸爸穷爸爸》里就提到这个观点：恐惧和欲望是阻碍人民致富的绊脚石。当然原话不是这样讲的，我只是在整理自己的笔记时下意识地这么一写，我要把我的读后体验录成视频，和陌生的朋友分享我的观点，大家赞同也好不赞同也罢，日子过一过就知道了。

每个人都守着那一方小小的闪光的屏幕，有的五点五寸，有的再大一点儿，它们被称为智能手机，而使用它们的主人眼睛老是不离开它们。我甚至都担心他们找不到对象，手机阻碍交友，没发现吗？我带你看啊，左边门旁边站着的那个姑娘其实很适合右边门旁边站着的第二位男士，但是他俩都低头玩手机，没有眼对眼的机会，更没有火花产生的名场面。

我不知道现在还流不流行偶遇这件事情，我已经很久不关心流行的事情，对近三年流行起来的大明星们知之甚少，也很少关注电视剧。所以我非常讨厌在地铁里因为用手机看电视，而挡着后面来人步伐的人，总觉得他们没什么公德心，嘿，你不着急上班，后面的人还着急呢！但我曾经很相信偶遇这件事情。

有一年的春节假期，K叫我去地铁站接他，他手机马上没电，我们俩没有交流在哪个门见面，我只能估摸着大概的时间，就跑进地铁站，站在某扇门前，直觉告诉我就是下一辆了，就是这个门了。果不其然，他刚好站在这扇门里，看到我就冲出来抱住。什么周围人群，什么世间万物，什么明天要上班，什么绩效奖金，都不抵情人碰面时深深的拥抱。

说到K，他是好，我觉得他就该被人爱着，不然就是上天的失误。但没有人是十全十美的，我们也会有摩擦的时候，而我实在过分胆小，遇到这种时候，总想逃避，就像面对我的财务问题，以为只要视而不见，问题就会不见了，或者逃跑，跑到不能跑为止。偶尔觉得他不可爱了，也想跑，躲得远远的。

但成年人不能对抗的一条准则，就是面对。无论多糟糕、多手足无措，也要面对。地铁来了，我看到地铁门上面映出我的模样，没有表情，不在状态，不可爱也不性感。在28岁的前三个月，我就开始陷入年纪焦虑，关键是我也不知道在焦虑什么。真是一件奇怪的事情。

回到办公室，我想要把我在路上飘忽不定想到的这些东西都写下来，习惯性戴耳机敲字，放张悬的歌，听过无数遍，但还是喜欢听。刚刚好播到《危险的，是》，里面有几句话："活到现在，放眼望去日子已是多么地安全。可我为什么觉得那么的、那么的危险。

危险的，在狠狠地咬我但不露脸；危险的，是我冷漠的心啊、你汗湿的手。"

　　我知道了，我已经安全地过了很久，没有去创造惊喜和意外。我在想给我的文章起个什么标题好呢，但又觉得我又不是标题党，标题永远无法取代正文，就像很多人无法取代K一样。那，我去想办法创造一些意外和惊喜吧，春天到了，大家也不要窝着了，我准备叫这篇文章为《三月五日我想得特别多，没有具体含义》。

去做点儿
微小的事吧,
比如跑步

春末夏初时你要开始跑步,趁着天气还没那么热,跑步尚且能受得住。去跑步吧!知道跑步不是你擅长且喜欢的,但它确实是让你能快一点儿、有效一点儿掉肉的事情,所以你还是老老实实地照做吧。

世界上有很多你不擅长或不喜欢做的事情,比如上班,比如变成一个人见人爱的人,但你知道做了这些事情,会得到比付出多得多的回报,你还是会照做不误,所以本质上我们都是贪婪的人,贪图的东西可能不一样,但"贪"的这个念头却是一样的。比如你去跑步,你贪图的是别人的好身材,你想要获得,那就只能这样。"你",不仅仅是看我写东西的"你",主要还是我自己。

村上春树是一位跑步爱好者,为了总结自己跑步的心路历程,专门写了一本《当我谈跑步时我谈些什么》。我觉得这个人很奇怪,跑步能谈什么呢?跑步气喘吁吁的,跑完心跳加快、汗流不止,真想下次不跑了,有什么好谈的呢?居然还能成为一位跑步爱好者。爱好跑步这件事儿,在我没跑步之前是我从没有想过的。

当然对那时对跑步毫无热情的我来说,我是不会看这本书的。

后来也没看完，只是记住了一些内容。比如毛姆写过"任何一把剃刀都自有其哲学"，大约是说，无论何等微不足道的举动，只要日日坚持，从中总会产生出某种类似观念的东西来。

说到这种"微不足道的举动"，那我可是有太多了。那些短期内看不出有什么成效、对生活有什么帮助的事情，有时候看着挺蠢的，但时间久了好像又会产生一些变化。比如写文章，比如做电台节目，再比如持久地爱一个人。这些微小的事情组成了我工作之外的全部生活，当然现在是爱一个人组成了大部分生活，和他日复一日地相处，想他变成我的猫，只黏着我就好。而写东西、做电台、跑步等，则是少数我一个人才能完成的事情。

第一次认真地对待跑步，是我第一次失业的时候，有很多事情搞不明白，自认为做得很好，为什么却被委婉劝退了呢？怀着巨大的愤懑和疑惑，其实更多的是突然拥有了大把的时间，不知道该怎么处置。上班的时候总抱怨休闲的时间不够，等到有了充足的时间去休闲，就又会嫌弃时间太多，才知道平日繁忙里的休闲是最珍贵的。而也就是在那之后，我才真正体会到跑步这件小事给我带来的改变。就如同前面说的，微不足道的举动，坚持一下，真的会产生某种类似观念的东西。

微小的事情，一开始不知道为什么要做的事情，抱着一点儿喜爱的心情去做，然后坚持，就容易发生不可估量的化学变化。

减肥自不必说，谁都知道的"六字箴言"，但真坚持下去的没多少个，所以那些能成功的人，我都很佩服。一个人连自己的欲望都能战胜，还有什么是不能战胜的呢？一个人连那种没意思的小事儿都能坚持，还有什么是忍耐不了的呢？

去跑步吧！这样说，是为了给我自己，还有除了我自己之外的人鼓劲儿，想获得的前提是去付出。想六七月拍照时穿衣服好看，就要早点儿跑起来；想要完成一本书，就先从一篇文章开始，并且要一篇一篇不断地完成；想要获得一个人的爱，这个比较难，不说了，但有一点可以提，可以先从关爱自己和诚心诚意、不计回报地去付出开始。

人间
到底
值不值得？

突然一夜之间，很多人都学着李诞说一句话："人间不值得"。好像很多人觉得说着这句话的自己非常酷，非常有个性，恨不能下一秒就上台表演脱口秀了。但真的要说，比这句话更早一点儿的是"算了算了"。

这是什么态度啊？啥事儿啊就算了？但我好像也是突然发现很多年轻人都喜欢说"算了算了"。可能这些人是怕麻烦吧，但整个世界和人生一定会有麻烦啊！

人间到底值不值得呢？我也不知道，有的时候觉得生活很难，有太多的截止日期和无可奈何等着我，但木心也说过："人间真可爱，实在值得天使下凡历劫。"所以，一定程度上还是值得的吧。

我最近的变动很多，其实说多也不多，不过就是换了个工作。与之前的体验不同的是，这次离职我全然没有难过，全然没有舍不得。唯一一次动情的时候，是在最后一天回家的路上，在地铁里站着，要退公司群时，耳机刚好放着IU的一首歌《这样的Ending》。一字一句地敲了跟大家告别的话，虽然很多人都已经知道我要走的事情。

泪水开始打转，但最终没有流下来，下一场朋友聚会马上开始，我告诉自己不能哭。我突然鼻酸，是因为马上就要由自己亲手切断和这些朋友的联系了。就像每一次分手，切断联系的那个人其实并不快乐，但他知道，很快自己就会忘记这件事。

人其实是健忘的动物，但人总是忘不了情分。我跟好几个我喜欢的同事说等大家都安顿一阵子，来我家吃饭。这样做是出于我想把这份情感延续下去，变为真正的，不是因为同事礼仪才必须要打哈哈的朋友。

你说值不值得？值得。没人能说自己离开朋友可以活得很好，说活得很好的人希望不是在撒谎逞强。

我难得一个人跟父母去玩耍，上个月中实现了一次。一天傍晚，我们仨坐在湖边的长椅上，周围来往的人很多，我的注意力却只在我们三个人身上。我教妈妈怎么用手机软件拍动图，妈妈给爸爸拍，我指导她，她拍他。天气很好，云朵很低，水很蓝，"风乍起，吹皱一池春水"。晃荡的日子过得真是闲适，什么烦恼都没有，最爱的人们在身边，这样的日子真值得延续下去。

虽然我知道父母心中有诸多不安全感，诸多对彼此半辈子的积怨，诸多生活的一地鸡毛，但又如何？逃避更可耻。

难得的加班夜，我赶完手里的工作，头也不回地朝家奔去，家里还有人等着我呢。我可是有男友万事足的人，一想到他在家里等，就不愿在路上耽搁一秒。走在路上，人很少，快到家门口的时候突然不着急了，特意放慢脚步想要试试之前一个人的感觉。我习惯性地看看月亮，可当晚的月亮被云层遮着，我只好想象它的模样。刚好听到一首歌，来自Sting，歌里的温柔和当下的气氛很契合，于是在手机里写道："我是男朋友至上主义者。"——颇有朱生豪那种"我是宋清如至上主义者"的劲儿。只要想到他,就觉得活着很好。

现在已经很少去思考值不值得的问题,年岁渐长,我的体会是,人的棱角不会完全消失,但内心会变得柔和。这份柔和又是有力量的,是可以支撑自己生活的力量。

我随时可能失去现在拥有的一切,我也不知道未来会怎样,毫无疑问,只有握紧当下的,才好去谈值不值得,才好去谈人间吧。

我啊，
可能只有温柔地
改变世界的一点点了

十一月第四个星期四是美国的感恩节，英文是Thanksgiving Day，字面意思是"感谢给予"。每到这个时候，美国人民都会合家欢聚，一起来感恩被给予的一切事物。在各种外国节日"入侵"的今天，唯独"感恩节"是最让我觉得值得被引入的。上天给予的食物，父母给予的爱，朋友、情人给予的关怀，这一切，是值得每个人去感谢的。于我而言，我可能要感谢一下这一年在成人世界里，渐渐学会成人规则的我自己吧。

很多个早上我挤在地铁车厢内的人群之中，人与人之间没有尊严可言，大家一致的目标是：挤上车，上班才能不迟到。我在地铁里常会突然失神，我们做这一切到底是为了什么呢？如果只是为了钱的话，那大可不必啊，但要说为了梦想，可能又有很多人要出来嘲笑"都什么年代了"。

在北京真的会目睹有人失望离开，然后会忖度：下一个人会是我吗？一面觉得"走了好哇，不用再忍受狗屁交通了，地铁挤不上去，挤上去也没什么形象。不用再忍受高昂的房租，还要担心有涨租的可能。走了好哇，走去更广阔的天地，归去来兮，罢了罢了",一面又觉得"似乎去了其他城市,便难有看上去体面的薪资水平,更别说那些支撑着每一位白领脆弱但又重要的虚荣心"。权衡利弊的时候,突然发现,啊,这就是长大啊,我在成人的世界里过得疲惫不堪。

而就在某一天,在拥挤的地铁里,我突然想:我在干吗啊?不是连我都在劝别人要过喜欢的生活、选择喜欢的工作吗?我做到了吗?显然没有。我变成一个普通的大人了,逃无可逃的、必须往前走的大人。

哪儿是成年人的避难所?不一定是家,所谓的"家"是租来的;不一定是情人的怀抱,因为很多人没有情人。真正的成年人的避难所,是每间关起门来的洗手间。我总能在洗手间门口听到叹息,也总会听到有气无力地讲电话的声音,更多时候则是沉默,巨大的、如深洞般的沉默。

等等,写到这里怎么感觉我这么丧呢?按道理,不是这样啊,我想说的难道不是"即便现实如此,我仍然没有放弃努力"吗?

知道现实是这样的,我没有垂头丧气,这样的我难道不可贵吗?或者说,这样的你难道不可贵吗?我们虽变成了大人,但还没变成麻木的大人啊!

我仍然是那个努力要实现自由、守护爱的人啊!

每个早晨,实实在在地睡了一晚后,看看旁边的人睡得好好的,一整天心里都会充满着爱。在定好的时间起床,洗漱化妆,等K起床后,帮他准备早餐,然后一起吃早饭、出门,路上嘻哈间就是一个新的开始。

快下班时,想到马上就能见到K,和他相伴回家,就感到无限的温柔。即使这一天当中,可能会受到挫折,但是有他在的时候,这些都无所谓了。大不了我们投身江湖去。

　　我已经渐渐接受的一个现实是：我只是个普通人，世界太大，有太多我这个小人物做不到的事情，而我只要把我的好、我的温柔、我的热情全然释放，也算是在温柔地改变世界吧。我让世界多了很多被爱和付出爱的人，不也是这个世界的进步吗？

　　这一切，已经让我觉得很珍贵了。是我努力而来的，所以我很骄傲。

　　我啊，是个名副其实的没什么大用的人，那就让我在小用里闪光好了，让我在我爱和爱我的人当中闪光就好啦。我在努力啊，无关遥远的理想，关乎今天可以看到的月亮，晚上吃到的晚饭，他的拥抱，厨房的烟火气。

　　猛然间意识到自己其实是个小人物还是有点儿悲哀的，但又能怎么样呢？

新的一年
会对我
好一点儿吧

2020年12月30日晚上接近十一点,我下班回家,坐在出租车上,撇开工作内容不想,放空自己的同时手里胡乱翻一些文章,无意间看到一首小诗,作者是马雁。

> 世界下着一夜的雨,
> 这寻常一夜——
> 有人在电视机前消磨着有益的人生,
> 有人在酒杯里沉没、浮起,
> 有人在欲望下捏碎懦弱,锻造自我。
> 这些并不仅仅是概念,
> 你会同意,世界必须归类。
> 我想着,仲春天气,园中的乔木,
> 水草,以及人在岸边舞蹈。
> 我们享受过的朗姆酒冰激凌……
> 如果把生活中的伤痛
> 呈现给你,也许就有变数。
> 但也许不,他人的愈合与你无关。

我迟疑在那个仲春,
温暖而黑暗的聚会,啤酒,拥抱,
早晨的口红,照相机。
中关村。与爱过的人一起吃午饭。
犹太史。闷热的咖啡厅。
全部的生活细节正在涨潮……
唯一的一个晚上;
你爬山归来,刚刚渡过一场危机。
你不是第一个,也不会是最后一个。
我坚信:
那一刻我与你同在。
那一夜的雨同样淋湿我。
你意味着不敢想象,
乡村上空的乌鸦是死亡的符号,
但未必不祥。
此刻我只能缅怀那只温暖的、我握过的手。
你成为众人分享的记忆,
而我此生的工作是对记忆的镌刻。

你能想象那种在冰冷的空气里被突然暖了一下的感觉吗?女诗人多浪漫啊,生活时而乏味,还好有诗歌可以温暖治愈人心。

接近年尾,越想要说点什么越是不知道说什么好。不知道最近为何我身边、社会上都发生了一些让人害怕心慌的事情,这时才会想起来自己也不过是普通大众中的一个,有恐惧,有忧虑。

2020年,人们都在讲21世纪的前二十年过去了,即使是2000

年出生的人也要成为20岁的大人了——我们终于来到曾经以为的未来。

我在年纪小不懂事的时候,不是很珍惜生命,想过20岁就去寻死,理由是:超过20岁已经很老了,不知道生活还有什么有趣好玩的东西,不如死了算了。可是现在我快30岁了,已经距离那个自认为"老"的年纪还要再远十个年头。我怎么样了吗?也没有。我平和地接受了我的年龄,在我这里,年龄不是什么秘密,我从不讳言。因为我觉得比起年龄来说,我这个人是怎样的,内在是怎样的,这些更为重要。

有那么几次,我问过我的好朋友们,问他们会不会惧怕30岁。我本来以为肯定有人对年轻念念不忘,舍不得放手,结果却是大家都平和、冷静地接受了这件事情,且纷纷表示,现在的自己比20岁出头时感觉更舒服,因为少了很多曾经以为很重要的、实则没有用的东西,而依旧在意的东西才是真正珍贵的。它们是下午四点可以看窗外风景的悠闲心情,是周末即使什么都不做也不会觉得荒废的安稳心态,是早饭、午饭、晚饭时对面一起进食的亲密爱人,是虽然身处异地,但时刻让自己觉得被爱着的家人……

是的,我在接近30岁的年纪,感觉到的是舒服,我和30岁,像是彼此打照面儿的小区邻居,礼貌而不失分寸,然后继续各过各的。

我曾经很追求快乐,觉得世界上最快乐的事情就是快乐本身,所以我会想办法去玩儿,去寻求失调的乐趣。生活偶尔是失控的,日夜颠倒,在身边的朋友很多,但都像流水一样随着时间的流逝换了一拨又一拨。这些好吗?没什么不好,经历过才知道,那些动荡的、粗乱的、所谓"自由"的生活,并不是我想要的自由,更不是快乐。而快乐,也是浅薄的,它是一瞬间的事情。真正让我觉得有力量的是平和,是那种心里"定"的感觉。

平和是我在路边看到更年轻的、追求漂亮的女孩自拍,跟着她们笑笑,然后径自半素颜地走过她们身边;是深夜加班回家,不再慌乱,赶不上车就赶不上车,反正超过十点打车可以报销,我就按着步骤来就好了……美好总是发生在回家的路上,我一个人的时候会耳机不离身,听着音乐,随着节奏踱步,天上的星星好像也为我高兴,闪烁不停。还有什么比这更高兴呢?

以前老想着要成为别人,别人多好啊,有的漂亮,有的有才华,有的身材好,每个人都有比我好的地方,我想要成为任何人,除了成为我自己。我觉得自己普通,才华有一点点但不足以支撑我伟大的理想,身材外貌更不会是我的长处。但到现在,我和我自己和解了,我学会拥抱自己了。我不完美,可是谁又是真的完美的?我想要成为别人的同时,别人说不定也想要成为我呢,可是我们还是成为自己最舒服吧。所以我与自己和解了,接受了自己的平凡,谁还不是个俗人呀?可是我没有停止对美和爱的追求,我就又是不俗的人了。真好!

某天做饭的时候把手指头割了一下,我当时只顾撒娇喊疼,寻求男友的安慰,同时逃避干家务。转天,我坐在出去玩儿的大巴上,伤口还没有好,突然想起:我妈应该也被割过很多次,她有没有矫情一下逃避做家务的时候呢?

年龄越长越是听不得和父母相关的话题,即使他们曾在我们还年幼的时候以不自知的方式伤害过我们,也从不曾说"对不起",但是我还是觉得,算了吧,大概我们一辈子就要以互相亏欠,再想办法偿还的方式走完吧。

其实，我又觉得自己是个幸运的孩子，我没有体会过家人重男轻女的痛苦，他们认为如果我有能力继续深造，那就去。我记得高二的时候我想参加选秀当歌手，在回家的路上和我爸说了，他也只是说和我一起劝我妈同意，我妈开始颇有微词，但最后还是拗不过我。我经过了三轮海选，比赛方不断要我们交钱，我觉得此事有诈，就没再继续。但我能有这一趟经历，就已经很开心了。

前段时间妈妈因为脑梗死住院，我听到消息的时候立马脚软了，脑袋里是各种不好的念头。所幸她的病情不严重，住院观察了十天就回家了。我开始搜寻买保险的信息，发现很多都不适合他们了，年纪是一个严峻的指标，而爸妈的年纪已经超过了那个指标，所以好遗憾。

对他们的愿望无非是身体健康，活得久一点儿，再久一点儿……

我不知道2021年会发生什么样的事情，我可能会结婚，可能会换个城市，这些都是不确定的事情。但我能确定的就是，尽力让自己过得舒服一点儿，尽力让自己不要辜负爱与被爱。

至于2021年会不会对我们好一点儿，我真的不是很在乎，我们只管加油就好了。

今天也是觉得"活着就好"的一天吗?

年近三十,越发觉得"生活不易""活着就好"。熬夜、嗜辣、偶尔喝多、不规律饮食,这些前几年经常做的事情,近两年渐渐觉得不能再做了。因为只要触及其中一项,就感觉到了失控之后的报复,身体各处会亮起红灯,仿佛在告诫我:"你看你这样不行哦!"

近期我越发感觉到,争夺身外之物,不仅限于财富,对我来说都没有那么重要,身边爱人、家中长辈、远方兄弟姐妹,大家能平和地、健康地度过每一天,都是我要非常非常感激的事情了。

最近,我的眼部一直在过敏发炎,发痒、脱皮,反反复复。一度引以为傲的皮肤状态,早就在不知不觉间就坏掉了。要真正承认这一点,还真是需要时间。身体状况不佳,随之而来的就是心理状态不佳。急切想要好起来的心和就是不见好的现状,像两条蛇一样缠绕着我,让我常常不知所措,可还是坚持着不去医院,总觉得去医院是最后一步,宣告我真的是无能为力的最后一步。

除此之外,K也经历了一场手术。我陪着他在医院的三天,是今年截至目前最惊心动魄的三天。经历过晕倒在地、委屈哭泣、疼痛煎熬后,才再一次深深感叹:人生啊,没有那么多值得我们费心的事情，我们能活着，平和地、健康地、安心地活着已经是幸事一件了。

我对目前的状态没有任何埋怨，我觉得我是幸福本身。就像惠特曼的诗句："我在大路上走着，又轻松又愉快，我不再期望星辰，我知道它们的位置十分安适，我不再企求幸福，因为我就是幸福。"我对外物也没有过多的期待，有很多事情是上天赐予的，爱人、财富，各种我们想要得到的事物。如果我有，那是我的幸运；如果我没有，那是缘分不到或者命数里真的没有，我也可以坦然地接受，至少我们好好地活着。

近两年发生了一连串的事情，又不断让我笃定起来。我喜欢的"人间水蜜桃"女孩，以一种近乎绝望的姿态结束了自己短暂的一生。她在这个人间活过的时长，甚至还没有我长。知道这些消息之后，心里只觉得很难过，想不到去归咎于任何人，因为没有太大意义，只是希望她下一次做人的时候，只做一个普通的、好好活着的女孩就好了。

人生就是在喜怒哀乐之间徐徐进行着，我们每天都在经历不同程度的跌宕起伏，有时是时代的，有时是自己的。

还记得我之前一个朋友的父亲因病去世，我也很感怀的那会儿吗？国庆节前，她找到一个可以相伴终身的人，开启人生下一个阶段了。而也是差不多的时候，我的一个网友写了一段文字，他的母亲因病去世，他跟我说，会听妈妈的话，好好活着。我们的人生就是交织在各种故事情节中，我观看他们的生活，跟着他们的经历跌宕起伏，同时又告诉自己一起加油。

想想自己真是比之前成熟多了，因为感觉到人生并不像我们想象得长，可能随时会有终点，戛然而止。对了，"戛然而止"被我的朋友评论为年度残忍词语，因为我们喜欢的那个"人间水蜜桃"女孩的人生就是戛然而止了。继续说回来，因为感觉到人生短促，世事无常，所以时常告诫自己要待人有礼谦逊、温和善意，我们并不一定会有更多的联系，至少在相识的一小段时间里彼此善待。

于是我能收到切实的温情回馈，就像我只是早上跟护工大叔打了声招呼，问他早上好，他就在我离开医院的时候，笑着跟我说"走了呀，真是辛苦你了"。这样的循环，应该可以给彼此的生活带来一丁点儿暖意，而偶尔，这些暖意也许可以救人吧。

我不是很喜欢秋冬季节，即使有晚上钻进温暖被窝那样治愈的瞬间，也还是不喜欢。我老老实实地喜欢着春夏，因为足够温暖，足够让我觉得人间美好。

"大家都抱怨复杂，却不愿想自己就是复杂的根源，麻烦都是自找的，只要诚心，就会看见世界简单至极。你须做的只是扔掉目的而已。这时你自由自在，人人自由自在，天下太平无事。"

这不是我说的，是顾城说的，而我无条件赞成他这个说法。

"一个人，生活可以变得好，也可以变得坏；可以活得久，也可以活得不久；可以做一个艺术家，也可以锯木头，没有多大区别。但是有一点，就是他不能面目全非，他不能变成一个鬼，他不能说鬼话、说谎言，他不能在醒来的时候看见自己觉得不堪入目，一个人应该活得是自己并且干净。"

这也是顾城说的，而我要加的是：一个人应该有那种"活着就好"的感觉。我们只要好好活着就很好了，其他万物都是命运的礼物，如果抱着这样的心态应该会更平和、安逸一些吧。

希望今天我们都能有那种"活着真好""活着真不错"的感觉。

若你是个怪人，
愿你有爱无忧

已经很少看爱情电影了。

或者说很少觉得所谓电影中的"爱情"是真的爱情。可是你要说什么是爱情，谁也不知道，谁也无法给它一个明确的定义。

它是"今晚的月色真美"，它是"想触碰又收回的手"，它是"一想到你，我这张丑脸就泛起微笑"。

但是发现了吗？现实情况是，很多人不敢再提爱情，甚至回避、逃离。我曾经写过的那本《万一我们一辈子单身》，也偶尔会被人误以为我是在"教唆"大家无须恋爱，一个人也可以活得很好。其实不是，我是在想，无论恋爱与否，不要回避和逃离任何一种可能性，那是一种幸运，有的人可能一下子就碰到了，有的人可能一辈子都没有，有的人或许早，有的人或许晚，都没有关系，我们允许各种可能发生，只是不要逃避。

昨天我看的是一部真人真事改编的电影，叫《莫娣》。女主角是出演过《水形物语》的Sally Cecilia Hawkins（莎莉·霍金斯），男主角是出演过"爱在三部曲"的Ethan Hawke（伊桑·霍克）。写到这里突然发现，两个主演都是演过优秀爱情电影的名角儿啊。

这部影片讲什么呢？其实可以用一句话概括：一位患病的民间艺术家莫娣与鱼贩丈夫埃弗里特结识，并相恋结婚，完整过完一生的故事。其间莫娣创造了很多纯洁、美好、极富想象力的艺术画作。可是要把电影揉碎了来看，似乎没那么简单，可以说是两个"怪人"的爱情。

莫娣瘦弱矮小、长相平平，还身患关节炎，看起来就像瘸了一样，她像皮球一样在哥哥和姨妈之间被踢来踢去，谁都不想照顾她，都不爱她。最爱她的应该是去世的父母吧。几十年里受尽了各种白眼和欺侮，走在路上都可能有人冲她扔石子，即使他们并不相识。

而埃弗里特呢，他是另一种"怪人"。他暴戾，不尊重莫娣，没有文化，粗鄙，没有柔情，也不会表达。曾经他当着商贩的面赏莫娣耳光，气得莫娣要出走，他还给莫娣排家庭地位，第一是他自己，第二是鸡，第三是狗，最后才是莫娣。他就是这样一个不招人喜欢的人。

可是偏偏这样的两个人走在一起了。埃弗里特虽然沉默寡言或者偶尔口吐恶言，可是他会在莫娣提出装纱窗门的第二天，默默给她装上；他会抱着莫娣跳舞，说两个人就像被抛弃的袜子，他是被拉长变形的那只。莫娣也会跟他说："他们不喜欢你，没关系，我喜欢你。这就够了。"他们就这样在岁月中融化、温暖彼此。谁敢说这样不美？谁会觉得两个不完美的"怪人"在一起，不能燃放美丽的烟花呢？

我认识很多比我年轻的人都说不想谈恋爱，被过去的人伤透了，还谈什么狗屁爱情，甚至会振振有词地列出理由：生活压力太大了。是手机不好玩儿吗?一个人的玩乐已经可以替代恋爱带来的快乐。谈恋爱真的很麻烦,要照顾别人的生活和情绪。我还年轻,忙着赚钱。我自己根本不知道要找什么样的人。我兜兜转转找了很多人,但都不是对的人……于是就没有人谈恋爱了。

可是,我仍然想要告诉你的是,恋爱是要谈的,即使你是个再怪的人。真的。

而且我们都不是真正意义上的"怪人",只是人们没有足够的勇气来承认自己只是个平凡、普通的人,所以将自己称为"怪人",这样听起来会好一些,至少我们似乎都有了与众不同的地方。这个问题值得再写一篇。

谈恋爱,或者更广泛地说,真实地和别人在生活中互动,发生联系,这些都不是为了其他人,而是为了探寻真实的自己。赚钱、玩乐这些都无法真正地替代恋爱或者亲密关系带给人的温暖感觉。赚钱何时有个头儿?玩乐总有累的时候。所以不要给自己找类似的借口了,这些都只是假象。

这次我不是想教你谈恋爱或者不谈,而是想要你产生一种真实的、不拒绝的心理,我们想要和人有更深的羁绊,就不要把"我不想"挂在嘴边,摆出一种拒绝的态度。你想想啊,我们平时说的"我好像又胖了",心里其实是不是想听到别人说"不,你不胖"——是一个道理的。

恋爱和不恋爱,单身和不单身,确实都是个人的选择,但希望每一个选择都是发自内心的,而不是压抑自己的真实感受。

所以,我其实不是在劝人谈恋爱,我是劝人不要逃避,面对自己对亲密关系的真实渴望,这一点儿不丢人,能感受到人间温情,可以说是检测自己是否麻木不仁的一条标准了。

那些真的可以称得上"怪人"的人都在勇敢地去追求自己的所爱、追求自己的生活，何况我们这些普通人，又有什么借口去躲避真实的温暖呢？

爱是莫娣对埃弗里特说："别人不喜欢你，没关系，我喜欢你，就够了。"

爱是王小波对李银河说："一想到你，我这张丑脸就泛起微笑。"

爱是"想触碰又收回的手"，爱是我们有颗不逃避、敢于追求的、真实的心。

若你是个怪人，愿你有爱无忧。

急需一份
美好生活
提案

2020年很不寻常。我们被按下的暂停键至今也未恢复，每天仍然处在一种奇怪的状态中。心里生出许多小愿望，想要摘掉口罩，现在知道能大口呼吸、放肆欢笑是一件多么自由的事情；想要路过别人的时候，对方不会下意识地躲开；想要投入到热闹的人群中，找朋友相聚，不必担心是否存在交叉感染的可能……平日里讨厌热闹，想要躲避人群，现在却觉得热闹真是一大乐事。人呀，真是矛盾的集合体。

春天是我最容易敏感的时候，可是这么说似乎也不太准确，我应该时刻保持敏感，保持观察，保持输入和输出。

前阵子才听说某个朋友搬到杭州去了，而且最近还在"大小乾坤"电台里讲了一期她"智斗骗子"的故事。我们俩的结缘，全靠K这个中间人，因为与她结识，我们拥有了一年大大小小免费的演出门票，甚是感谢。有缘的是，我们同为双子座，但在离开北京这件事儿上，她比我果断多了。

在搬离北京前，她的朋友圈基本都是艺人信息，谁要在哪儿演出了，有这样或那样的主题，要不就是她的猫。移居杭州后，她的朋友圈变成了自己的美好生活：尝试了什么新的菜式，配的是什么酒，早上起来看到的阳光是怎样的，去爬哪里的山，去哪条江边散了步……我们好生羡慕，她的压力释放了很多，看得出也精神了很多。

一个人的精神状态，其实从朋友圈可以窥见一部分。分享生活的，大概是生活里没有太大问题，心态还比较平和的；分享工作的，大概是工作占了他生活很大的一部分；分享宠物的，大概是只有这个小宝贝儿能抚慰他，其他都不行。而我这几年的分享，仅从数量来说，已经少了很多。究其原因，生活平稳自不必说，从反面来看，其实也是没有变化。

没有想要去的演出现场，因为比较有名的我们都去过了；

没有想要去看的电影，因为多次试验证明并不能值回票价；

没有非去不可的社交场合，因为年龄越长，越不想无效社交；

…………

我发现生活多了很多省略号，而不是带有感情的问号或者感叹号。生活有余地，只是还没有看到，就像春天有点迟，但它肯定会到。

K前段日子会提起我们什么时候离开北京这件事情，他会设想我们未来的生活，房屋的布置、家具的摆放、房间的数量……即使我也期盼着，但是眼前的安稳多少让我有点儿犹豫。我也会问我自己："现在的生活真的是你想要的？这份安稳真的是你想要的？安稳的背后是不是也意味着没什么可能性？而我们得到的是不是其实并不会增加？还有，那个闹腾的、不会随便安于现状的你去哪儿了？"

现在的生活，我知道它没那么好，但它也没有坏到让我无法接受，它只是无法满足自己全部的生活愿望。我们需要和人分担房租，需要共享厨房和客厅，可是关起门来，我们照样还是听音乐、跳舞、看电影、读书和打闹。你说这样的生活，要抛弃吗？当然是可以的。但是——万事最怕"但是"——抛弃之后呢？搬离北京到一个新的地方，就不会出现类似的问题吗？

"看不到什么可能性"这一点确实触动我了，我很怕一成不变。"没什么可能性"这件事意味着没有新的故事发生，没有新的朋友认识，没有新的危机出现，没有新的激情迎面而来。这种情况太可怕了！我知道面临一个新环境或者新事物的时候，担忧和紧张是肯定会产生的，是不是只要试过才知道喜不喜欢，才知道风险是否可以承担呢？

设想一直生活在北京，接下来的路径一定是两家人倾尽储蓄协助我们买房子安居下来，第二步便是生小孩，想酷一点儿，就任小孩按自己的喜好成长，可是偶尔肯定也希望他可以去体验各种可能性，美术、音乐、文学、数学、历史、哲学……希望他能有自己的爱好，支撑起对生活的热爱，不得不承认这些确实需要物质来支持。其实每一年可以剩下多少钱，我们心里是有数的，每一年都差不多，不过三四万。那将又是一场一成不变、没什么可能性、可以预见的生活。

可怕啊！

我最近在看意大利作家埃莱娜·费兰特的《那不勒斯四部曲》，讲的是两个女生埃莱娜和莉拉的成长故事，童年、青年、中年、老年四个不同阶段，每个阶段是一部书，我已经读到第三部了，看得我触目惊心。人每做一个选择，都会引导他走向一个方向，而最终的那个方向是好是坏，其实是每一个小细节、小岔路口造成的。人类最怕选择了,因为无法完全承担后果。同样,我也怕。所以观看埃莱娜和莉拉的经历时,不自觉带入了自己,如果是我,我会更好吗?

走到终点前没有人知道答案。其实很多人都在无常中寻找永恒,在世事难料中找到部分答案。

至于我想要的生活啊,我想早上起床后喝一杯热咖啡,锅里冒着热气,爱人正在煎蛋;上午我们互不打扰,读书看报;中午再合做一桌美味的午餐;下午困倦了,出门去骑单车、踩踩草地、钓钓鱼;晚上再窝在沙发上看电影。

像极了退休生活是不是?其实我也担心。所以始终迈不出那一步。

所以,我现在急需一份美好生活提案,毫无疑问的那种。

人生皆辛苦，
我们需振作

Is life always this hard, or is it just when you're a kid?
Always like this.

人生总是这么苦，还是只有童年苦？
一直如此。

Leon和Matilda这两句对白一直记在我的脑袋里，相信很多看过《这个杀手不太冷》的朋友也对这两句对白念念不忘。每次我觉得人生之苦无法纾解的时候，总会想起这两句，既然人生一直这么苦，那我何必赶着去未来？于是默默低下头做事。

最近的一苦便是这场疫情吧。

这场全球大流行的疫情，没有人是置身事外的，我们每个人的命运都或多或少被牵扯在了一起。也许在我们不知道的地方，有一个神是粗心大意、刚刚到岗的，他为世界按下暂停键后，跑到哪里参加派对，忘记了把这个暂停键开启。到目前为止已经三个月了，真希望这个神早点归来，看看他干的好事儿，引发了多么严重的"蝴蝶效应"啊。

我周围的朋友或同事被这场始料未及的灾难波及的不在少数，

有的变得心绪不宁，有的变得将生死看淡，有的遭遇多重"滑铁卢"。这是我没有想到的，我狭隘的意识里还觉得大家都会平平安安地渡过这场灾难。

朋友A，与我做过很短一段时间的同事，现在是某互联网大厂的普通员工，她在和我离开同一家公司后辗转去的两家公司都是大厂，我一度非常羡慕她。她上进，有进取心，想要做好的内容给大众，进入大厂也是抱着这样的初心。可是大厂风云哪有那么平静？项目、业务、人际关系，好几层都需要考虑进来。本来她会选择养精蓄锐、安稳度过，在工作中积累、修行、蛰伏，以后做到厚积薄发。而这一场意外来袭，她便不想要执着在其中，不久前跟公司提出了离职。下一步计划，应该是暂时回老家待一段时间，清醒一下，问问自己的内心到底是怎样的。

我说不出来这样是好是坏，因为在这个特殊的时候，选择离职总感觉是没那么容易下决心。我知道很多人在这个时间段被迫失业，心态趋近崩溃，看到这些事例，我真是爱莫能助。这一定不是一个容易接受、容易度过的过程，我想不到更好的建议可以给看到的这些人，只好在心里默默地为他们祈祷，希望赶紧找到下一份工作。

其实好像越是这样极端的情况下，人们做决定时越是冷静，其间透露出冷冽之气。主动离职的不仅仅有我上面说到的朋友，还有我的一个组员B。我们坐在办公室里聊天的时候，她跟我讲述离职的原因，除了工作内容、薪资待遇，还有一个重要的原因是心态不知道怎么被疫情影响到了，总感觉做什么都起不了劲儿，自己的状态也不对，闷闷不乐。这一点还是挺让我惊讶的，因为我坦言，我自己被这场意外撼动到的部分着实不多。

但即使不多，也让我对人生产生了一些新的思考，我记得我们还做过类似的分享。

首先，一定要有储蓄。很多人都在这样的时候才发现，兜里有粮，心里不慌。这里的储蓄也不单单指金钱，还有一些日常生活用品、蔬菜水果。务实真的是一件听起来很老土的事情，一点儿都不浪漫、不洋气，但务实可以给人一种落地的安全感。所以，要有储蓄。

其次，世界上没有什么是不可能的，我们不知道意外和明天哪一个先来，所以一定要先过好当下的每一天。享受当下再也不是一种浪漫的说法，而是当我知道一切都有可能会被摧毁的时候，没有什么比享受当下这一小会儿的美好更重要的事情了。

还有，偶尔获得的超长在家待机的时间，我好像重新收获了和妈妈的"友情"，我听她讲她年轻时的事情，她听我讲未来的计划。我们在自家房顶散步的时候，灾难、危险这些都被抛诸脑后，眼前的人才是最最重要的，其他的都由它去。

最重要的是不要丧失信心，不要放弃希望。生活不知道会在哪个时候、哪条路上给我们预备一个转机，如果我们还没有走到那一步，就先失去信心，先放弃希望，可能我们根本不会走到那个转机出现的路口。所以，切记要永远保持信心，拥抱希望。

人似乎生来就不是能享福的，我们要经过长长的、异常艰辛的人生道路才知道自己是怎么样的存在。但在这个过程中，我们仍需振作啊！

我们
为什么要
工作啊？

　　脚刚踏出办公室的门，脑袋里就开始闪过一天的碎片，有想不出东西的烦恼，有突然被塞了一些事情叫我来做的不解，有暂时解不开的一些人事上的疙瘩……各种事情缠绕在一起，下班出门的那一刻就统统想要抛在脑后。我对自己有句警诫的话是"明天的烦恼交给明天的我去处理"。有点儿小逃避的心态没错啦，但偶尔还是蛮管用的。

　　人生被截止日期牵着走是件既可悲又有用的事情。可悲在，总有什么东西卡着你，像内裤没有穿对位置，你又不好意思去拽它一下。有用在，也确实需要一个东西拽着你走，因为你不往前走，永远到不了那个该抵达的地方。

　　工作就是有太多截止日期了。

　　地铁是我的避难所，我在地铁里可以装作一个无忧无虑的人，随意天马行空地想些什么，我不爱在地铁里翻手机，因为我想留一段时间给自己想东西，让那些乱七八糟的想法有一个归处，因为我知道如果我不记录、不把它们留下来，我就会忘记，世界上再没有关于"我们为什么要工作啊"这样稍纵即逝的念头。

　　可偶尔掩饰尴尬，或者要留一些什么想法在笔头上，也得玩手机,真是一件矛盾的事情。

你看,我工作遇到想不开的时候,其他事情也会跟着胡来。

为什么要工作啊?蛮简单的,大家都知道原因。实现价值什么的都是胡扯,我不觉得工作能让自己产生什么价值,且工作其实会让我们变得平凡,每个人都是社会的螺丝钉,每个人都安于现状。但总得有人是"反骨",会想要偶尔不那么听话。

前几天看《十三邀》,许知远采访史学家许倬云,有一段话我非常认同,同时也深表遗憾。"今天的教育,教育的是凡人、过日子的人;今天的文化,是一个打扮出来的文化,是舞台式的文化,是导演导出来的文化。而今天日子过得太舒服,没有人想这个问题,忙的是买这个机那个机,忙的是赶时髦,忙的是听最红的歌星的歌,人这么走下去,也就等于人变成活着的机器。"细想想这非常恐怖,我们都变成机器的话,我们自己又在哪里呢?

我其实不是不喜欢工作,我只是没那么喜欢"上班"这件事情。人还是需要工作的,需要干点儿正经事,需要存在过的证据。但上班却不然,上班显然不太容易让人开心。所以我们看到在地铁里大打出手的人、在深夜里喝酒哭泣的人、在路上发呆出神的人,不敢说全是工作所致,但大多数还是会沾着边儿的。

回家,脱掉今天的皮囊,换上跑步的装备,我一直想要换掉现在这双跑步鞋,因为它已经旧旧黑黑的了,不会让我产生那种立马要穿上它展示给人看、要跑起来的感觉。不过,暂时没有备选方案,我还是先穿着它吧。

在楼下做跑前热身运动是有点儿尴尬的,路过的人会不经意间看我一眼,虽然我心里一直跟自己说"你没那么重要,没那么多观众",但动作不免会拘谨一些,看来我以后还要继续努力,尽量做到"不顾及他人眼光"。

跑起来，北京的夏天黏糊糊的，楼下的小公园里满是散步的情侣、跳广场舞的叔叔阿姨、带着小孩的年轻夫妇，看着他们快乐的模样，不知道他们会不会也问自己"我为什么要工作啊"这种问题。经过老人们的时候，我偶尔会羡慕，退休后的生活看起来真惬意，不过转念一想，他们肯定经历过和我们差不多的挣扎。人啊，还是没有办法改变一代一代的宿命。

总有一个小孩像在跟我竞争一样，跑一阵累了走几步，看我追上来就继续跑，我也乐于跟他做这样默契的游戏，这样来回几次，他最后扑向父母的怀抱，而我的脚步还会继续。什么工作的烦恼，什么乱七八糟的想法，都没有现在要跑完五公里的心更迫切。

不知道什么时候运动居然也会变成我治愈自己的一个方式，当脑袋受了累，就让身体去受其他的累，这样脑袋就会空出来不去想其他，自然而然得到了治愈。

关于开头那个问题"我们为什么要工作啊"，我也没有答案。这个问题看来是无解的，每个人都可以基于自己的实际情况给出一些答案，我不确保人人都会偏向于不工作，那也不一定就是终极的解决办法，没有限制的自由，滋味也没那么好受的。但至少我们可以在问自己为什么的过程中，慢慢地去探明自己心底的答案，慢慢地去向自己的内里探究一下。

外面太吵闹了，我也跑完步了，收拾收拾准备明天新的战斗吧，听说我的同事中有几个要回老家谋求其他发展了，我也祝福他们。至于我，也得计划计划了。

我与欲望
纠缠多年

进入七月后，我又一次"顿悟"了：我在"买衣服"这件事情上花钱太多了。假设一个月拿出三千用来消费，包含各种杂七杂八的消费，其中"买衣服"可能就要占去一半，甚至更多，前半年有一个月甚至达到70%。

这件事情非常可怕，我的消费习惯仍然算平价这一档，一两百不算心疼，但超过三百就会多想一想，所以每个月我会买十多件衣服。但再一细琢磨，我只有一个身体，一个月只有三十天，最多的时候三十一天，我穿得了那么多衣服吗？答案当然是否定。

于是我尝试开启一次自己的人生实验：三十天不买新衣服计划。从七月初开始，目前一切正常。

同时我又在断舍离，在不断购入的同时，也在不断清空。我看过一些博主说如果你想要购置新的物件，那你就一定要把之前旧的物件清理掉。我可以把这个理解为"物品守恒"吧。但其实这是一件吊诡的事情，断舍离的本质是搞清楚自己的欲望和真正的需要，再去相应地做出选择，而不是盲目地购入，然后借口断舍离扔掉旧物。有些时候，还挺对不起自己认可过的各位断舍离大师们的。

把范围扩大到买包、买化妆品，也是一样。包包堆积如山，化妆品老也不见底，只能等着时间流逝，白白地浪费掉。

　　自从去年国庆脸部出问题看医生，医生语重心长地说"以后你就别想化妆了"之后，我便不再化妆。最初是非常接受不了，想着不能一辈子不化妆吧，而且心里还憋着一股劲儿，打算过一段时间再化妆，先让肌肤休息一下。结果休息到现在，我便觉得化妆与否已经不重要了，因为我早已丢掉那份莫名其妙的欲望，学会跟自己拥抱，并喜欢上那个让皮肤自由呼吸的自己。

　　其实说这么多，无论买衣服，还是化妆，这些都是想要打扮自己，都是自己的那些小欲望在作祟。

　　我跟自己的欲望交手多年，我肯定是败下阵来过。我记得我以前追赶潮流、追赶时髦的样子，记得自己的slogan（口号）是"想要的现在就要"，哪些口红色号最火我就一定要得到；流行oversize风（男友风）就买来穿，而全然不管自己的身材……最后的结果当然是失败。获得了那些看似最流行、最时髦的东西，可并没有让自己变得更好。我满足的那部分欲望，只会让我更加迷失，看不清自己是谁，那个样子其实蛮丑的。

　　我一定也是在乎过别人的眼光的，年轻的朋友谁敢说自己完完全全地取悦自己，完全不考虑周围人的想法呢？我是不敢的。

　　我在意过我在别人眼里的样子，在意过自己通过穿着打扮塑造的形象。在意的背后是没有将目光真正地投射到自己身上，去关照自己的真实想法，去关注自己真实的需求而不是仅仅满足自己的欲望。

　　但我慢慢尝试跟欲望和平相处了，或者说走在和平相处的道路上。我慢慢知道，合适比流行更重要，于是一条在日本买的黑色连衣裙陪伴我多年，依旧是我的"上镜神衣"；我慢慢知道，"需要"比"想要"更重要，我想要星星，但我不一定需要它，费了半天劲儿要来，说不定第二天就要抛弃它；我慢慢知道，其实满足欲望也可以选择替代品。

有次我在北京的哥们儿，我就叫他老钟吧，带了刚交往的女朋友YY与我们认识。女生见面，难免要互相打量。落座后我就发现她背着LV，心里略略一惊：嚯，了不得，老钟居然交了一个富二代女友。日后跟YY熟悉了一些，又见她换着不同的奢侈品包包，我忍不住问她怎么有这么多，她回答我，其实都是二手中古包。我才豁然开朗，怪不得！因为相对新品来说，二手中古包的价格确实可爱了许多。

不瞒各位，之后我也为了满足自己的欲望买过那么一两个，怎么形容那种感觉呢？就是——也没什么嘛，一个包而已。大概我与中古包的缘分就是这样了，不过分追求，也不抗拒，有喜欢的、合适的就买，没有喜欢的就不去追。

大概这也是我和欲望的关系了，不过分追求，但也不抗拒，会认真地思考一下我的真实需求，真的喜欢就买，略有迟疑就不要。

这样一来，我与欲望的关系就好很多了。

但大家不要误会我是在说"欲望"本身不好，我知道有很多年轻人还在追逐的路上，好处在于大家看见那个略微高一点儿的目标时就想踮起脚去够，就会努力地奋斗，这是好的部分。但一定要谨记，不能迷失自己，不能为了满足自己的一点儿欲望去做不好的事情，去不自量力，这是欲望不好的地方。我只希望大家看见这一点不好，不要靠近，不要被欲望吞噬。

我与欲望纠缠多年，我被打败过，现在顶多算个平手，最起码我知道自己不会成为欲望的奴隶，我知道我的人生不会太容易地被其左右，这就足够了。

职场
没有
真朋友吗?

其实这样的问题被很多年轻的朋友们问到过:"职场到底有没有真心的朋友?""在工作当中到底能不能交到朋友?"这也是我最近想要问自己的一个问题。

我先不把答案说出来,或许很多事情本身也没有什么答案,而寻找答案这件事情本身就具有意义。所以我先不把我的答案列出来,我们不妨一起来找找看。

我对朋友的定义是,我们因某一方面的契合,产生精神共鸣,随时保持联系,随时开讲,但也可以随时消失,随时不理人。不用过分贴近,过一个月不见面就想念到要死,也不能过分疏离,保持刚刚好的距离就好。

那就来讲一下我觉得我们是朋友的一些前同事们。

小A是我在第三家公司时的同事,我们是邻桌,做着同样岗位的工作。她是长相漂亮但是不自知的那种女孩,个子高高的,皮肤白皙,她不爱笑,不像我,总是无缘无故地傻乐。最开始我们认识,她坐在我旁边,懒懒地抬起头冲我打个招呼后就低下头做她的事情去了。我当时想,糟了,怕是遇上一个高冷女孩,我们做不成朋友了?

后来发现我完全是多虑,我们很快发现了彼此互相欣赏的点,而且拥有着共同爱好。她喜欢咖啡,喜欢在家里自制咖啡,而我刚好也是个咖啡控。她毫不吝啬地带来她自制的咖啡给我品尝,我也常在下午工作困倦的时候喊她一起去"星爸爸"一趟。她爱喝酒,我也爱喝酒,我们的爱喝不是一定要醉,喝到微醺得刚刚好即可,爱的不是喝酒这件事,而是酒后的那种氛围感。所以她会带我去她发现的藏在胡同深处的精酿啤酒吧,我则同样会在下午工作困倦的时候喊她跟我去买瓶度数不高的啤酒喝一喝。

虽然总会被她说"克制一点""怎么可以这么放肆呢",但她都会边说边陪着我行动。我喜欢她认真负责、待人真诚、不吝分享;她喜欢我的率直不掩饰,偶尔敢做一些别人不太敢做的小冒险。现在想起来,我大概会永远记得她的好。

记得有次下班,我们聊起文身这件事儿,她跟我说在我们公司附近的胡同里有家店非常好,我直接邀请她下班后带我去。她惊掉下巴,傻乎乎地摇摇头说我疯了,可是下班后她还是陪着我一起疯,我在肩膀上文上"LOVE AND FREEDOM(爱和自由)",她在旁边"啧啧啧"个不停,问我疼不疼。

我们还有几个人通宵喝酒的时候,唯一那么一次,但是我记了很久很久。应该也是周五下班后,来了一个小帅哥做我们的同事,我们就喊他一起喝酒,从下班后喝到晚上十一点,公交地铁都停了,五个人走了两个,剩下我和她,还有另一个女生。她家住得远,我家也有点儿远,另一个女生的家就在附近,我们突然想要疯狂一点儿,就提议"不如我们买点儿酒跑回家里再喝一波"。你看,女孩子们欢聚在一起,"疯"起来也是非常疯的。

那晚很美妙,我到现在都记得那种感觉,以前也写过那次的

"通宵酒"。我们就着酒服用各自的心事和苦恼，再把这些烦恼讲出来给别人听，似乎它们就被稀释到看不见。我记得我们彼此评论对方，说对方哪里讨人喜欢，自己最欣赏对方哪里，说着喝着就睡着了，睡到第二天一大早，简单收拾过后，各自返回家继续睡。回家的公交上，我睡着了，我想我是带着笑的。

后来，我离职了。我和小A还约过几次日料，我们也爱酌一口清酒，很舒服、很美好。再后来，小A离开北京去了深圳，我们再未得见。也许按规律讲，这样的人是会渐渐在彼此的生命中褪去色彩的，然而我们还没有，至少目前没有。我还是无所顾忌地偶尔给她发些奇怪的问题，她也毫不减当年对我的热情。我相信，我们是真正的朋友，因为那些美好的时光足以战胜之后漫长的岁月。

另外一些朋友，大概也是因为某些契机，发现了对方与自己有灵魂共振的地方，于是演化成工作之外的情谊。这些朋友里，有人每天被我"敲竹杠"，请我下馆子，在我们都很贫穷的时候；有人在我找不到房子的时候收留我住在她家里；有人和我走在通往地铁站的路上，和我分享他办健身卡时傻乎乎的趣事……我们在偌大的、冷漠的世界里偶然相遇，给过对方一丁点儿的温暖，就可以治愈彼此好长一阵子。

遇到那么多很好的人，我当然坚信职场上是存在真朋友的，可是你说我没遇到过糟心的事儿吗？肯定有的，只是我刻意不想让这些糟心的人和事充斥在我的记忆中，因为一细搜刮，遍是疮痍。

我曾有过被公司劝退的经历，劝退的当晚就被平时关系不错的几个同事叫去吃饭喝酒，我知道他们的用意是想要安慰安慰我这个倒霉鬼，我其实已经自认绝大部分是我的问题，也许是我的放肆早就被上级们看不过去,也许是我做得不够好,没有达到预期,我都接受这些评判,所以我认了。

但我们酒过三巡,互相讲了自己的秘密之后,其中一个人给我讲了我被劝退的理由。其实不全是做得不够好,而是因为其他同事工作极其懈怠,上班看节目、频繁迟到早退这样的事情被老板知道,但老板又不好发作,因为还需要留着他们继续给公司拉客户。而同样显眼的我,不是说我也迟到早退、上班乱看东西,而是那段时间我们常玩儿在一起,于是老板就来个杀鸡儆猴,劝退我以惊醒别人。

啊——听过理由,我再次认栽。算了算了,还能争什么?算是奇奇怪怪地被连累了。

还碰到过另一种情况,是我很认真地将公司某些同事当作朋友,工作中她需要我的地方我立马就顶上去,我们也彼此分享过美食,她很大方,总不吝啬拿出自己的东西和我们分享,她也曾在我的利益需要维护的时候挺身而出,帮我解决难题。

可是不知道怎的,也许是有那么几次我指出对方工作中的疏漏,又或者在某些没有注意到的地方得罪了她,我们好像没有过去那么好了,涉及与我相关的事情,她变得公事公办起来,在某些时候甚至可以称得上是冷漠。我体会到这些的时候很难受,毕竟谁都不想成为那个"钟无艳",有事就各种好,千好万好,无事则转头不认人。这样真的太伤害我了。

碰到这样的同事,我也一度会心里骂着脏话,嘴里跟其他人讲"嗨,职场当中就别真情实感了,没有什么真朋友的"。可转头一想,我遇到的另一些朋友,我们美好单纯的过往、仍在交往的现实都告诉我:也不全然是这样的,职场也不是没有真朋友的,你看我们不就是吗?

对呀，我和很多人不就是在职场中成了真正的朋友吗？我又干吗要去怀疑这一点呢？

世界不是扁平的，它是圆的，是一个圈，生活也不是非黑即白的，它存在很多摇摆不定、没有定论的灰色地带。我们不能从一个极端滑向另一个极端，阻碍自己与其他人的可能性。不能在某些人、事、物之中收获了失望，就断言所有类似的人、事、物都会让自己失望，这样很幼稚。

但成年也确实无聊，交朋友不再是给一个苹果、一颗糖这么简单，成年人的友谊复杂很多。但我们就记住一个态度就好：职场还是可以交到朋友的。但在职场中交朋友并不是目的，且一定要瞪大眼睛进行鉴别。

还是要说回一个"但是"。但是，这样想，很多的友情也确实有点儿太费心力了。果然就如《被讨厌的勇气》中所说的："人的一切烦恼皆来自人际关系。"希望我可以搬去大山里，只和山鸟鱼虫交朋友就可以收获无限满足感。希望我真能这么勇敢。

别害怕
去在乎

你有没有注意过，有这样一种奇怪的现象：你越是在乎什么事情，越要表现出很不在乎，似乎只有这样，在失去的时候才能显得没那么难看。

这种现象广泛分布在各种人生阶段，比如失去那个他的时候，深夜和朋友们玩闹，要装作与对方分开这件事情已经成为过去式，再也无法撼动自己的快乐，因为自己没那么在乎他了。但与朋友告别后，躲在角落里哭泣的那个自己才知道，刚刚不过是在佯装不在乎。又比如上学的时候，考试结果出来，明明很想得到第一名，但却要表现出一副无所谓、不在乎的样子，偶尔还会叫嚣着第一名的生活多累呀，要活在家长和老师期待的眼神中，那种压力一定很难过吧。可是心里真的是这样想的吗？说不定那份被期待的压力才是真的想要得到的吧？

我们很多时候不是害怕去在乎一件事情，而是在害怕：如果我在乎它，最后却因为什么原因失去了，这样岂不是很难看？但如果我一开始就显得没那么在乎，最后失去了，我就可以说"哈哈，好在一开始我就没那么在乎"，这样的心态似乎轻松一些，也更加酷一些。

讲些陈年往事吧,算是挖掘我自己内心的阴暗角落。我算是从小成绩还不错的那种人,家长不会过分担心我的学习,因为我的排名一直都在前几。我有考第一的过往,可是却在很长的时间里都做着"千年老二"。可能在其他人看来,第二名不是也很好嘛,因为从我脸上也没看出我很想当第一啊。现在可以坦诚地说,我真的很想做第一名,只不过就像我上面讲的那样,我怕我得不到第一那种"失去"的心情,所以才要佯装出"不就是第一吗?我还没那么想要呢"的样子。

大学时我和同宿舍的一个室友一直处于暗暗较劲儿的情况,在朗诵比赛里我们是夺冠热门,在期末考试里我们付出同样多的时间复习功课,在学生社团里我们是大家心里的未来领袖,有好些时候我没能竞争过她,做了第二名。我会在朋友中表示我没那么想做第一,做第一之后老师又会要求继续参加这个或那个竞争,太麻烦了吧。即使是实实在在的可以拿到钱的"三好学生"、奖学金这种荣誉,我也表现得很不在乎,不就是多几百块钱吗?我不在乎。

但我知道背后其实是我害怕一旦显露出在乎,失去时会更难过的心态。

有次我在网上冲浪,看到抖森的一小段演讲,他讲述了自己过去这种害怕在乎的经历。他的前辈分享拿到角色的经验,就是前一天喝个烂醉,第二天再去竞争自己想要的角色,那样即使拿不到也没关系。但是是个人都知道这样肯定拿不到啊!所以抖森觉悟了,他不想要再表现出害怕在乎,他说:"因为这世上有许多人害怕去在乎,害怕显露出他们的在乎,因为不够酷,有了激情就显得不淡定。越让人觉得你并不在乎得失,真到失去的时候就越轻松;越表现出你在乎，失去就越艰难。"

前段时间《乘风破浪的姐姐》大火，有好几个姐姐都引发过争议，而让我一直矛盾纠结的是蓝盈莹。我其实有点佩服她，至少她大胆坦然地表示在乎比赛、在乎输赢，她诚实地面对了自己，虽然这样不讨观众的欢心，但我想一部分的原因是因为我们这些"咸鱼"被戳中了：看，她努力了还不是没有得到，起初那么在乎干吗呢？可是，我们这些"废人"在夜里也免不了会躲在角落里想：如果我最开始就诚实一些，就是在乎这些事儿，就是付出努力了，是不是失败了也没那么难看呢？

另一个也让我有这方面感触的是《乐队的夏天2》一开始的乐队表演，白举纲所在的乐队表演后收获了乐评人并不买账的评论。他在收到负面评价时，很豪迈地讲了一句"I don't care（我不在乎）"，众人鼓掌称爽。事后认真想一下，他真的不在乎吗？恰恰是因为在乎，所以才要摆出一种不在乎的姿态，至少能让自己轻松一些。我对小白没有任何意见，恰恰非常欣赏他认真对待音乐的态度。也许他不在乎的是名利和别人的评价，但他一定会在乎他的作品与他内心追求的音乐之间的距离，这是创作者最看重的一点。

要警惕一下这样的心态，别害怕去在乎。在乎一件重要的事情不可耻，相反很有勇气，至少这样的一个开头就注定了自己必将全力以赴了。

其实说到底，我就是想要告诉大家和我自己，我们都要关照自己真正的内心，在乎一件事情，就真心地告诉自己在乎，然后去努力，而不是佯装不在乎、佯装酷，转嫁那些本该负起来的责任和本该需要付出的努力。

摘一段我在《被讨厌的勇气》里看到的一段话,与大家共勉。

青年:"不想成功?这是什么道理啊?"

哲人:"简单地说就是害怕向前迈进或者是不想真正地努力。不愿意为了改变自我而牺牲目前所享受的乐趣——比如玩乐或休闲时间。也就是拿不出改变生活方式的'勇气',即使有些不满或者不自由,也还是更愿意维持现状。"

用抖森的话来说就是:不要回避你的情感。挥洒你的激情,再加上真诚和勤奋,该来的自然会来。

想要改变自己,改变自己的生活方式,就不要害怕在乎这些问题,去真正地努力,真正地向前迈进,该来的自然会来。

你要走出去，
看看自己的
生活

Chapter
4

人间都寂寞，
你该去
看看大海

我喜欢写诗的男人，寺山修司、顾城、张枣、海桑……他们是能把生活变轻盈的妙药，或者说，与其是喜欢写诗的人，倒不如是喜欢过"诗意的生活"。但现在不怎么敢提诗意的生活，不知道为什么，心里总会怵怵的，人人都在追求六便士的时代，一旦有人做了那个抬头看月亮的人，他就会被嘲讽为奇怪、不合群。可能讲远了，我本来是想要讲一下我在台北漂流的这几天。

我相信很多人应该都对台湾抱有期待和好感，很多"90后"都是看着台湾偶像剧长大的，对爱情、对生活的设想都曾受到影响。每个人都很温柔，爱情总是不经意间就来，来的那个人非富即贵，再不济也是个潇洒的摇滚歌手，说不定在看海的时候还能看到海豚。怀抱着对台湾的好感，我已经做了好多年的梦，发过很多誓，明年一定要去，拖了很久，今年的元旦终于实现。

台北101跨年烟火大会

跨年来台湾最期待的，自然就是101跨年烟火大会。我们即使经历了行李丢失和电话卡失灵，也依然没有磨灭去看烟火的兴致。

今年算是做了消费升级,去年在天津,想要在"天津之眼"上度过一年的最后一天,今年跑去台湾,站在101大厦楼下跟一群人倒数跨年。在烟火大会前有明星的拼盘演唱会,拥挤的程度与北京地铁的早高峰有一拼。而之后的很多天,我再也没经历过这样的拥挤——在台湾,就是会保持着令人舒服的距离。

当倒数开始,每个人像说好了一样,异口同声。倒数结束后,烟火绽放,大家欢快地鼓掌,人和人之间即使不认识,也会互相说声"新年快乐"。"新年快乐"这四个字好像变得温柔又有力量,我们本不相识,却在陌生的时间和空间里,给予对方最衷心的祝福。这一年大家似乎都过得很辛苦,对世界的失望一次又一次,但还好始终没有放弃希望,那么明年真的要快乐呀!

"打卡地标"这件事,我真的说不上是愿意还是不愿意

来到一个地方,好像一定要去到一些"地标"地点,去北京一定要去天安门,去台北一定要去101大厦、西门町,去东京一定要去银座,去巴黎一定要看看埃菲尔铁塔……谈不上意义,只是说,真的存在一种旅游哲学是"来都来了"。"来都来了,你怎么不去××和××玩儿呢?""来都来了,我们为何不试试看呢?"生命确实重在体验,可有时候,有些体验又会让人觉得好像真的没什么必要。

去地标地点其实不会让人产生惊喜,你知道那些地方它只是因为存在,被各种人各怀心事地赋予了意义,但其实是没太大意义的。那为什么还去呢?于我而言,大概是为了堵悠悠之口吧。

各种纪念馆,从名字就知道它们的存在是为了纪念,但对我来说,主要的作用真的只是转转。各种夜市,尝过几个后觉得并不合

口味。但台北故宫、市立美术馆、淡水、野柳是我特别推荐去看看的地方。在台北故宫，你会看到数不清的珍宝，它们有序地展露出历史的痕迹，看着它们似乎就可以回到那些久远的年代。站在故宫里，会让自己产生一种无知感，疯狂地想要补课。世界真的太大了，我们知道的实在不多，不知道大家都在骄傲什么。

市立美术馆不完全算"地标"地点，只是因为我们都自诩热爱艺术，所以一定会选择美术馆这种地方。里面的布展定期会更换，我们恰好遇到的是一些意识流的当代艺术展览。有好几个展厅，放着老旧的幻灯片放映机，将照片投射在幕布上，一张一张发出"咔嗒、咔嗒"声，像时间流逝的声音。黑漆漆的展厅里，安静地放着一些短片，地上散落几个"豆豆包"，找空着的坐下去。在黑暗里的时候，觉得自己是安全的，像是很久没有回去也不可能回去的母亲的子宫。

淡水边，流浪歌手在唱《幸福的瞬间》

去淡水的那天，是旅程的倒数第三天，天气意外放晴，心里喜滋滋的。我们租了单车沿着海岸骑行，路过一座雕塑，被它身上一个美丽的故事打动。那个雕塑叫《忽忽和马小三》，著名的爱猫女作家忽忽，为保护淡水街的猫做出了很多实际贡献，某一天喂过街猫后在返家途中，被骑机车的大学生撞倒，不治身亡。朋友们不想忘记她，就把她小时候的形象和街猫的形象做成雕塑，永远陪着淡水的街猫。心里被这个温柔的故事深深打动，一个人爱着世界的同时，也被世界爱着，即使走得出乎意料，也算善始善终了。

在淡水可以看到很多街头表演艺术家，我们接近淡水渔人码头的时候，看着大海已经很开心了，巧遇一个唱歌很好听的流浪歌手，想要认真听他唱完一首歌，就一起坐在他的对面，默默听他唱完。他唱的歌，正好是《幸福的瞬间》，是我少女时代很喜欢的偶像剧《海豚湾恋人》的插曲。虽然歌名很俗，但当下那一刻，我和喜欢的人坐在一起听着歌，在喜欢的大海面前，真的只能用"幸福的瞬间"来形容了。

人间都寂寞，你该去看看大海

第二次看大海，是在野柳地质公园。接近关门的时候才买票进来，本来以为只是个简简单单的、展示着著名的"女王头"的公园而已。结果，却被这里的大海深深震惊到了。

那海极具生命力，我们走的路靠近海的边际，而另一头的边际，基本是不存在的。远处就是天空，海水不是蓝色，也不是绿色，介于蓝与绿中间，于不明晰处，令人生出喜爱之情。一遍一遍，你只能看到海浪扑过来又返回去，再扑过来再返回去，不知疲倦，永恒地这么做着。当时我写下：我们只在世上存在几十年，浅薄又愚昧，而海浪，它们拍了百万年，还不知疲倦呢。人跟海相比，实在是渺小得可怜。

这里很神奇的地方是，似乎走一走就可以看到大海的不同面目，真后悔没有早一点进来看海。

说回到文章开头，我喜欢写诗的男人，寺山修司写过不少海，有一首是这样：

如何难过的早上／如何凄楚的晚上／都会结束／人生总会结束／唯有海不会结束／感到悲伤的时候／去看大海／一个人寂寞的时候／去看大海

这次更是这么觉得——人间都寂寞，你我都该去看看大海。看着大海，就会觉得很多事都释然了，有什么好计较的呢？日子还有那么长。

冲绳
美好的
六个瞬间

四月一日从冲绳返回北京,在机场候机的时候,我关注的社交平台像炸了锅一样在讨论日本新年号:令和。听说新年号出自日本最早的诗歌总集《万叶集》中关于梅花的和歌,它的寓意是"春风和煦的天气下,感受到生活的自然与美好"。我手里还攥着一些硬币,计划着要花掉大部分,不然回到国内不能兑换岂不是亏了。硬币上写的都是"平成×年",突然有种离历史很近的感觉。我在平成时代的最后一个月来过日本,那么再来的时候,便是一个新的时代了。那时,我们一定更能感受到生活的自然与美好吧。

这几天在冲绳,那种震撼感不似在东京,可能也是因为冲绳真的是最不像日本的日本地区,但怎样又是"日本"呢?就像怎样才算我们自己呢?把每一部分单拎出来,也无法说"这一小块儿就是我自己"吧。我想起尤瓦尔在《人类简史》里有一段对消费主义和旅行的解释,原话不太记得,大意应该是说:旅行就是在购买一种"体验"。既然是购买体验,我们没有非常多的规划,就把自己扔进陌生的环境中去探索,去看看作为几日冲绳人,我们可以怎么生活。

我想到六个让我可以记住冲绳的瞬间。

梦想可以看到座头鲸，但现实频繁地教育了我

我们出行的第一天就买了当地的船票，想要赶在初春的尾巴，看看座头鲸。听说它们在四月前出现在海面上的概率是98%。我很想看看这种美丽神奇的生物，于是早早就做好准备。结果临行前半小时被告知，海面风浪太大，鲸公司出于安全考虑不会出海，只好改期。

中间隔了一天，在旅途结束的前一天，也是一样准备好要跟着出海。可是，那天也是因为风浪太大无法成行，看来此行注定看不成鲸鱼了。

我问K："你有没有特别渴望看到鲸鱼？"

K说："其实也还好。"

我心里想，其实也还好，如果可以看到，那自然最好不过，但我们的运气似乎就是这样呢，看不到也算留个念想。当然，因为看不了鲸鱼，我们空出来的时间就去探索了很多不算旅行"打卡地"的地方，也算是一些生活中的"小确幸"。人生不会永远幸运，也不会永远不幸，相信有转机，可能真的就会有转机了。这是冲绳教我的第一课。

首里城的雨真是好急啊，我们其实可以不用跑的

无法出海观赏鲸鱼，我们就跑去首里城，它是冲绳还是"琉球国"的时候琉球国王居住和处理重要事务的地方，其实就是冲绳的"故宫"，只是这里的规模大概没有故宫的御花园大。

在里面穿行的时候还没有感觉到历史的厚重，只觉得红色的墙和浅黄色的屋顶拍出来应该很好看。当我们准备离开首里城的时

候,天就下起大雨,雨真是急呀,我们又没有带伞,只好躲在城门下,看别人拿着伞三三两两地离开。我感受到难得的平静,手机没有信号,我可以真的离真实生活很近。

雨渐渐停了一些,K在湿滑的石子路上滑行,我拍照。当雨再大起来的时候,K就喊我往前跑,我则讲"其实雨大是不需要跑的,因为你跑到前面还是雨,还会因为跑得太快,淋到更多的雨"。我这种歪理果然没被采纳,我们急急忙忙找到一个便利店,等雨停。但其实,我们真的可以不用跑,慢慢等它停就好。

冲绳的小孩,真是纯粹到让人爱不完

也是在躲雨的同时,有一群穿着雨衣的小学生,应该是一二年级或者更小,在一名老师的带领下,站在便利店外面等雨停。一个小女孩不断地在窗户上呼气,热气碰到冷玻璃形成一片白雾,她便在玻璃上画笑脸、画爱心、画向日葵,画完一个就擦去重新呼气再画一个,如此往复。我一直看着她,她也发现我,我笑笑,看她在窗户上画了一个爱心,中间嵌入笑脸。老师喊他们走,她冲我挥挥手,我遗憾没有拿手机拍下来,她画在玻璃上的爱心就没有了。

还有另一个小男孩,是我们坐在商场里休息的时候碰到的,眼睛大大圆圆,穿着条纹T恤和短裤,坐在我前面,时不时回头打量我一下,看到我在看他,又像只小猫一样飞快转过头去,我故意装作不看他,他就再偷瞄几眼,等我再盯着他,他又飞快地转过去,假装什么都没有发生过,可爱极了。等到他妈妈来喊他,他就跳着叫着妈妈,接过冰激凌,被妈妈牵走了。

印象深刻的还有一个小女孩,那时我们在古宇利岛的海滩上,参加的一日团只让我们待在这里半小时。有那么一家人,应该是当地人,年轻的父母带着三个小孩子,其中一个小女孩穿着漂亮的花泳衣,一次次地跑到距离海很近的岸边,躺下来,等海浪扑过来,她就变得异常高兴。父母也不会喊她赶紧上岸,就让她接近自然,那个小孩笑得阳光极了。

真好啊,他们怀有一个孩子最珍贵的天真和纯粹,周遭的环境也在保护他们的天真和纯粹。他们对这个世界抱有最大的好奇心,屡屡伸出小触角来探索、扩展他们的认知范围,真希望他们可以一直这样。

我感觉看到了生活本来的面目

无法出海看鲸,我们就骑着单车随意瞎逛,看到很多穿着棒球服的少年,都奔向一个地方——体育场,我们也跟着他们走进去,门票不贵,就买了两张,他们叫"野球赛"。进到体育场内,人真是多呢,男女老少,各年龄层都有。很多老伯们一本正经地讨论着少年的技术,场上参加比赛的少年自然是全力以赴,而场外做啦啦队的少年们也是干劲儿十足。虽然不是很懂他们的规则,但那种热血和青春真是可以感染到人。

骑着单车继续走,随处可以发现惊喜。冲绳人真的很热爱运动,或者说热爱自然。我们看到有人打网球,有人在公园里骑单车,还有人在打我也不知道叫什么名字的球。若是时间早些,还可以看到各个年龄段的人在晨跑,非常健康和令人向往的生活方式。于我们这种所谓"白领"而言,每日早晨大概只想多睡半小时,而不是整理仪容出门跑步吧。

途经各种不具名的河边的时候,还有不少人在钓鱼,也不确定他们是不是可以真的钓上来,但那种认真在生活的模样,真的很打动我。

有种感觉我说不上来,我试试看吧。今年我觉得我最大的问题,就是要好好思考一下如何生活,或者说如何生活得有质感和幸福感,这种质感一定不是收入高就可以提升的,我觉得更是对生活的哲学思考。

在冲绳,我可以看到他们认真生活的模样,那在我生活的地方可以实现吗?或者我在别处可以实现吗?或者是不是我忽视了很多细节呢?我不知道,所以我去找。

我们都可以很优雅地老去,但是可能需要想办法

在餐厅吃饭的时候,碰到的大多数是白发苍苍的老人,年轻人反而很少,在他们身上我没有看到那种晚景凄凉之感,而是即使老了却仍然生机勃勃的感觉。在这些老人的身上,仍能感受到他们对自己是有要求的,丝毫不乱的头发,不减时尚的衣饰,注重细节,不会觉得自己年老了就放松对自己的要求。同时,还有很大一部分老年人仍在各自的工作岗位上,老龄化的问题暂且不说,那份精神头儿和优雅的气质,会让我不断地去想一个问题:我老了,也可以这样吗?

回来的飞机上我看完一部电影《喜丧》,但内容却并不"喜",在这里面可以看见大部分中国老人的晚景,绝大部分人的生活质量取决于子女,电影中的老人像包袱一样被众多子女掷来掷去,大家都盼着她快点儿进养老院。但老人似乎已经觉察到自己活着只是负累,徒增儿女的负担,在正要进养老院的前一晚服药自杀了。

这样一对比,真的蛮震撼的。我们都想要老了也是有尊严、有

脸面的，但怎么样实现，似乎需要想很多办法。可能会有人觉得自己年纪轻暂时不需要想这些，那么至少该想想怎么提高父母的老年生活质量。

朱生豪写给宋清如的情书说："不要愁老之将至，你老了一定很可爱。而且，假如你老了十岁，我当然也同样老了十岁，世界也老了十岁，上帝也老了十岁，一切都是一样。"可是怎么不愁呢？这个我也暂时没有答案。

令和来了后，平成时代真的就落幕了

在"国际通"逛街的时候，进到第一牧志公设市场里。这里本来是当地人采购日常食材的地方，后来慢慢发展成游客必去体验的冲绳一景。有非常便宜的生鱼片，一盒里有很多种类，也只收五百日元，人民币三十块出头的样子。有点像秦皇岛海鲜市场，买了原材料，可以免费加工。

我们凑巧买了一个老奶奶的生鱼片寿司，她悄悄塞给我们一瓶味道很好的酱油，我用我仅有的一点日语理解能力，知道她的意思是说这个免费给我们尝，不然我们还需要给钱才可以尝到呢。她还三番五次"嘘"的一声和眨眼睛，暗示我们不要声张，我觉得这老太太实在有意思。

而第二天，参加北部一日游的时候，导游小姐姐说第一牧志公设市场四月份就要拆除了，也就是说我们赶上了它的最后时刻。

在一篇文章里看到："平成时代的即将结束也带来了伤感的气息。去年的夏天是'平成最后的夏天'，天空中绽放的是'平成最后的烟花'，夏天的末尾，'平成最后的甲子园'如期举办……"而我们，则赶在平成最后的春天，在平成最后的牧志公设市场吃过一个好玩儿的老太太卖的生鱼片寿司。

令和年来了后,平成时代真的就落幕了。不是表达对他们年号有怎样的感受,而是觉得当一切开始倒数,很多事情就变得珍贵异常。我们当然不会预知哪一个时刻才是最后的时刻,所以只好珍惜现在,享受当下。

其实让我记得的瞬间还有很多,比如在美丽海水族馆看到的大鲸鲨,让我深感人类的渺小;比如在美国村,可以感受到冲绳融合了那么多种文化而产生的独特气质;比如日本的厕所永远干干净净;比如陌生人之间永远保持一种既热情亲密又不至于距离过近的分寸感……都让我觉得,生活其实可以只去生活就好了。

《万叶集》里写:"于时初春令月,气淑风和。"

真的很美,在春风和煦的天气里,希望我们都可以感受到生活的自然与美好,真的去生活,而不是营造生活的假象。

往九点后
才日落的
地方去

这两周基本都是在各种各样的路上度过的,从新疆喀什再到西藏的日喀则和拉萨,仅仅三地,已然让我见识到从未见识过的自然的奇迹,并被少数民族的特性深深折服。

也基本上是没怎么写东西的两周,途中眼睛和手都被占据,眼睛要看与我们非常不同的风景和人,手要忙着拍照、拍视频记录,实在抽不出多余的眼睛和手来记录脑袋里的东西。前天回到北京,稍微休息了一天,也差不多该整理一下了。

那么这次我想给你讲讲新疆喀什——这个九点后才日落的地方。

新疆喀什:九点后才日落

虽然喀什古城上写着"不到喀什就不算到新疆",但由于我来新疆的第一站就选在喀什,所以并不能完全感受到这句话。但所谓的"北疆看风景,南疆看人文"是确信无疑的,在喀什,我看到与我们不同的人还是有些惊异的。

总算体验到日落发生在晚上九点后的感觉,即使手表已经显示是晚上九点了,而感觉却像夏日黄昏的七点钟。阳光变得越来越微弱,但人们才初上街头。熙熙攘攘的街头是人们的叫卖声、讨价还价声,还有孩子们嘻嘻哈哈玩闹的声音。空气中飘着的是羊肉味儿,各种各样的羊肉味儿,似乎每个漂亮的新疆女人身上都飘散着这样的温润味道,香妃不过如此吧。

我们坐机场大巴到住的酒店,靠近司机的位置坐着一位美丽的中年女性,她穿着超具气质的玫瑰花短裙,身体的曲线被衬托得很有风情,我想她这样的新疆女性应该是莫妮卡·贝鲁奇在中国美美老去的样子吧。

在喀什完完整整地待了五天,其中有三天时间是在喀什古城里晃荡,最大的企图便是和当地的小孩子聊聊天,一早就听人说只要游人跟他们打招呼说"你好",他们是非常喜欢跟这些汉族人交流的。

沿途还遇到了很多友好的小朋友,在我们休息的时候主动和我们攀谈,有一个小孩子不愿意与我们分别,即使是在快要回家的时候,她也希望我们听她背完课文再走。能结交这样友好的小朋友,共同度过一小段旅途时光,真是人生的幸事一件。

我们在喀什古城当"街溜子"的三天里,晃荡到路上可以看到很多彼此相熟的老人,他们见了面都是非常热情地握手,然后亲切地聊会儿天,给人一种他们非常珍视彼此的感觉。相比我们在日常生活中见到的人,这里人与人之间似乎更加温柔、更加亲近一些。

甚至有一次,我们刚从咖啡店出来,一个老人就要来"打我的头",我还有点儿发蒙,结果老人用稍显生硬的汉语说:"你很像我的女儿,我的女儿现在已经很大了,你像她年轻的时候。"这是我根据他字句中重复的字眼儿翻译出来的。当时就觉得:原来有这么神奇的事情呀!只是老人数次扬起手来,不知道是要打我还是摸我,多少让我有点儿害怕。最后他笑眯眯地冲我们摆摆手离开了。这也是非常神奇的一次人间际遇,想必老人的女儿即使现在年龄渐长,但在老人的心里,还是会有不少她小时候的温柔记忆吧。

在喀什的每个晚上都可以把月亮看得清清楚楚,那种清楚跟在大城市是不一样的,是万里无云,是一览无余,是仿佛我伸出手就可以够得到的高度,是亮到我根本不想去捡地上的六便士,是只想要看着它,仿佛看着它世界上的忧愁就全没有了。

这个九点后才日落的地方,我们一定会再来的。

塔什库尔干:旅行只有沿途的风景才是最美的

步子已经迈到喀什了,塔县还能不来一下吗?塔县,即为塔什库尔干塔吉克自治县。喀什到塔县的精髓就在于沿途的风景,沿途尽是些奇妙、瑰丽、梦幻之境。旅途就是这样,目的地没有那么重要,重要的总在沿途的风景。这句话讲出来虽然被自己土到了,但不得不承认事实确实如此。

这一路我们可以看到发红的山,可以看到沙子吹上山形成的白沙丘,而白沙丘又刚好倒映着脚下的白沙湖。眼见的时候一时之间竟让人分不清湖水的平面到底在哪里,只有当风吹皱湖面的时候,才能分得出来哪里是湖,哪里是山。一路上,一直在我们前面的是海拔七千五百多米的慕士塔格峰,我百度了一下,慕士塔格峰属于昆仑山脉,是西昆仑山脉第三高峰。慕士塔格峰、公格尔峰、公格尔九别峰,三山耸立,如同擎天玉柱,屹立在美丽的帕米尔高原上,成为帕米尔高原的标志和代表。

这就是一路我们可以看到的风景。

看到那些奇特的地貌景观时，只觉得自己非常渺小，自己的酸甜苦辣都非常渺小。时间经历了成千上万年才让这些地方形成这样的样貌，我们才不过暂居地球几十年，还在烦恼些有的没的，真是不值得啊。而地球在太阳系中也不过是一颗普通的行星，和其他绕着太阳转的行星区别不大，最大的区别可能是有我们这些烦恼的生物存在吧。而太阳系又是宇宙中无数个星系的其中之一，可见在宇宙之中我们真是小得不如蝼蚁。

　　而我们所存在的时间，如佛所言，不过刹那。在时间的洪流里，我们的爱恨情仇真是小到不能再小了，所以我们烦恼那么多干吗呢？就顺其自然吧。

　　这一路上手机信号非常不好，几乎等于没有，我难得地把手机扔掉，去看看周围的风景，让自己把脑袋里的东西释放出来。

　　但，比较不完美的一点是我和K都在塔县"高反"了，联想到接下来没多久就要去西藏，对"高反"还是有点儿恐惧的。

　　在喀什的这几天，遇到那么多奇妙的、与众不同的景观和人文，还是非常震撼的。世界上有那么多与我们不一样的人在别处生活着，每个人都在自己的小小轨道上努力着、前进着，没有人是最不幸的，也没有人是最幸运的，每个人都是极普通又不凡的人，而我们各自的疑虑和烦恼，就随着九点后的日落一起消散吧。

在飞机
没有起飞的
两个小时里

北京时间四月一日21点18分。

现代人突然多出来的两个小时，在飞机上。前座的小朋友百无聊赖地对着窗子唱歌，他可能不知道发生了什么，但实际确实也并没有发生什么，不过是日常延误而已。于是我们突然多出来两个小时，不知道要干什么的两个小时。

原定23点45分落地北京，目前变成23点才起飞，这让大部分人都着急起来，几个女孩子纷纷打电话"要晚一点儿才到，你们可以晚点儿再来，或者不要来了，我自己OK的"。

水在这个时候变得格外重要，我已经听到很多人跟空乘小姐要了水，一杯不够就再一杯，反正不要钱，谁会不喜欢不要钱的东西呢？包括我在内，大概没有人不喜欢吧。不过我不爱喝水。空乘小姐这会儿真是忙碌，要记得座位号，要记得是哪位小姐要了水，而哪位小姐又脾气暴，已经催促了好几回。

国外友人明显放松一些，飞不了就先聊聊天嘛。可惜我口语还没有溜到对答如流，所以没有加入聊天的队伍，回到北京一定要恶补。说到恶补，补了干什么呢？又提到"学习的意义"这个问题，似乎学习的目的就是一定要"有用"，而有用是这个世界上最没有用的东西，因为很多事情其实真的没什么用，春风、夏雨、秋天的落叶和冬天的雪，都没什么具体作用，但似乎对生态平衡有用，对人的心情有用，那有用和没用的界限还真是不够明晰呢。

手机此时是没有网的，但是怎么其他人可以接电话和发微信呢？我的手机是没有网的，这时就体会到离线下载的重要性，幸好K提前告诉我要先下几期节目，在没有网的这个时间里，我听了好几个故事，有的精彩，有的揪心，有的给我启发，有的不过如此。我乐得像是捡了两个小时。手机像块儿砖头，完全无人可以联系，这时就发觉自己其实没那么重要，而视我重要的人，一个在我身边，另一些在老家，只是刚刚没有跟他们讲飞机要延误了，害怕他们担心。

我们在现代世界里，每天被各种资讯"填"满，但其实心里还非常空虚，被消费主义的假象包围，被不具名的欲望包围，但是真实的生活在哪儿，我暂时找不到，所以要多出门旅行，看看别人的生活是怎样的，想想看他们的生活是不是适合自己，以及我未来的生活有多少可能性。今天好像特别焦虑：应该在哪里生活？应该过怎样的生活？和谁一起生活倒是暂定了，这一点还是欣慰的。

似乎是因为30岁快到了，竟然发现自己其实并无过人之处，普通到不能再普通，每个领域都会沾一点儿，可是每个领域都只沾了那么一点儿，想要钻研在其中一处，又发现其他事情我也喜欢呢，我还真是容易喜新厌旧。

在飞机上坐了一个小时，我暂时没有灵感了。

我们坐在
海边的时候，
什么都不想

我喜欢海，尤其喜欢看海浪拍打岩石。它们有时轻柔，像情人的手轻轻地摸过去，蜻蜓点水般掠过；有时会狂暴，拍不死石头不罢休一样。我现在已经忘记自己第一次见到大海是怎样的心情，应该是比较平静的，一如往后很多次看海一样，应该没有尖叫，学青春偶像剧那样喊"大海，我来了"。

很幸运也很巧合的是，我的名字里有"海"，应该是注定的吧，我的名字里我喜欢的两样东西，一样是大海，一样是天空。它们同时又带着我喜欢的颜色——蓝色，这一切应该是一早就写好的剧本，不过此处我只是突然想到就写下来。

之前的旅行计划是有两个选择，一个是大西北，一个是大海边，虽然大西北的辽阔也很吸引人，但最终我还是选择了更喜欢的海。于是，我们又去了一个海滨城市——厦门。

在城市漂流的时候，其实内心毫无波澜，真的是从自己熟悉的现代城市换到另一个自己不熟悉的同样现代的城市，但周遭并无太大变化，唯一的不同是这个城市有海，大概走几公里就可以去拥抱大海。可是也会因为人多而破坏了兴致，人一多的时候我就会有种不适感，这么多年我还是无法学会在人群里自如地穿行。

旅行的后两天我们住在鼓浪屿，一个相对独立的小岛，做了两日岛民。头一晚，我们照例选择了去看海。港仔后海滩，沙子细软，适合长时间坐着。可惜这天多云，天空看不到月亮，也没有星星。我们长久地坐在沙滩上，什么都不想，只是拿出彼此认为最适合那个时间段的音乐交换，我觉得好听的时候会站起来跳跳舞，我们也会跟着音乐唱歌，海给了我平静。

我当时觉得自己是个幸福到空白的人，我没有更多欲求，我现在所得的一切是我当下最满足的。我会羡慕朋友们过着比我更好的生活，有的人创业了，口中动辄几十万上百万的大单子，而我还会对买贵一些的衣物思前想后；有的人结婚生子了，他们的追求更为现实，希望给小宝贝们更好的成长环境。这些都会让我偶尔羡慕，但我还是更喜欢我自己的生活——一份虽然在小公司，但是可以发挥自己所长的工作；一个我在意也在意我的男朋友；一个小时候会厌恶，现在却无比珍惜的家庭。我也不像前几年那样会被沉重的财务状况压到喘不过气，现在的我在自己的财务上更游刃有余，不是说赚很多，而是说更加可以把控自己。

这一切好像让我"空白"，就像我自己说的，我没有更多欲求。我觉得当时我们并肩坐在海边，看着眼前模糊的大海，什么都没有想，也不需要刻意地聊天，只是听听音乐和海风，就是再好不过的了。我不去刻意地寻求生活的意义，但好像生活变得更有意义了。这里的空白，是我可以真的不用想什么事情，就想当下就好。

我想起有句话，好像是上次冲绳回来的时候在某本书里看到的，于是摘抄了下来。

"我们的一生，都是由两种人组成：一种是我们认识和亲近的人，一种是陌生人。我们的一生也由两种地方组成：一种是我们留守和驻足的地方,还有一种是我们从未到达的近处或者远方。"

不就是那一刻的我吗?在我从未到达的地方短暂驻足,陪着亲近的人,与无数陌生人擦肩而过,而我什么都不用想,因为内心非常平静。

啊,我知道了,我觉得"空白"是因为那时的我太平静、平和了,以至于我现在想起来还能记起那种感觉。这大概就是很多人说的"inner peace"(内心平静)吧,而我追到它了。

返回北京,打车回家的路上,我想起了父母,想起了家。回家对我来说总是有些恐惧。我恐惧的不是要面对父母的不知所云,而是我回来一趟必然会给他们带来新的思念。回去的短短几天,根本无法缓解他们的思念之情。我现在甚至害怕与别人讨论和父母相关的话题,因为我知道我肯定会哭,我哭起来太丑了。

这可能也是我旅行的谎言之一吧。而我现在发现,最重要的一点是,我能找到平静,且感受到它的力量了。是通过看海,通过什么都不刻意去想得来的。

我看过蓝色的、墨绿色的、翠绿色的、墨蓝色的海,每一种颜色的海,每一朵没有名字的浪花,都是能让我快速去找到平静的所在。

我不知道看到或听到的人懂不懂我在讲的东西,也许很乱,也许没什么逻辑,但我是多么急切地想要告诉旁人,我感受到平静的巨大力量了,它真的存在,而我希望旁人也可以找到。

今天我看到蔡康永的访谈:"人为了索取快乐,做出很多不太应该做的事情的时候,这个人会摆荡得很厉害。他越是努力地要找快乐,结果越是花越大的力气去抓,也抓不到。""如果把人生寄托在快乐上面,其实不是一个值得寄托的地方——平静才是值得寄托的那个地方。"

我想我也懂了。

趴在栏杆上
看夕阳
才是正经事

回到北京后,夏天似乎就真的结束了,而我还带着从京都回来的炎热感。我喜欢夏天,喜欢夏天的多姿多彩,喜欢在夏天什么都可能发生的感觉。所以明显感觉到夏天结束的瞬间,还是觉得有一点点伤感,可能是成年人最微小的惊天动地了吧。

中秋的时候,我们策划了一次到名古屋、大阪、京都的三地五日游,为什么是这三个地方呢?因为到名古屋的往返机票比到大阪的便宜太多,而我们又很想去大阪、京都两地,所以出此决策。原因不复杂,就是为了省钱。我们周密计划了每一程应该要去的地方,精确到时间,结果非常完美,基本百分之九十都按照行程安排进行,所以周密的计划不是没有用的。

而我们所有的随性都是在周密之间的惊喜,计划是提供安全感的部分,而随性则是满足我们个性的部分。

我可能会比较没有条理,只是简单叙述这五天里我想要铭记的瞬间。记录是一件时间跨度越久越有意义的事情,我越来越感受到其中的美好。那么,开始吧。

名古屋

我们先是落脚名古屋,跑去找名古屋城的时候,天已经快要黑了,我已经穿了轻巧的婚纱准备拍照,光线不够,路灯下,街头红绿灯就是我们的补光灯。最后的效果看起来还是不错的,居然有种协调的复古感。

名古屋这个城市人相对少,也许最开始会觉得有点儿无聊,但其实碰到的人和事物总会给我一些惊喜。我碰到在绿洲21顶层玩水的小孩,很漂亮的混血宝宝,即使被父母呵斥勒令不许玩水,依旧玩得不亦乐乎。是不是全世界的父母都是类似的?是不是全世界的小朋友都会听到很多的"不行""不可以"?

对名古屋城印象不深刻了,但是旁边有一条街,我们在那里拍了好多照片,会有热心的人来问我们:"写真を撮る必要がありますか?"(需要帮你们拍照吗?)其实日本人也没有传说中那么冷漠吧。

夜里有好几拨学生模样的乐队在路边演出,听众们秩序井然地围成一个圈,有些投入的少年少女还会跟着跳舞,被打动的年轻姑娘默默流眼泪……可以自由玩音乐的城市真好啊!

大阪

大阪与东京相比,稍显粗犷和自在,同样是大城市,拥挤、嘈杂不可避免,但美好的景色依旧美好。

我们在大阪的时候,看到两次很美的夕阳,一次在住房楼顶,一次在海游馆外的海边。夕阳存在的意义就是让人记得这个世界是有温柔一面的。

大阪的住所外面遍布无家可归者,他们真的排得整整齐齐地睡着,丝毫不管路人好奇的眼光。第二天早晨出门再次经过,无家可归者们似乎在举行什么集会,他们在纸板上、桥上写了自己的夙愿,我惊叹其文案能力,有一句是"令和、世間の風は冷たい"(令和,世间的风好冷啊),真的是非常细微动人的洞察,可是看到成群结队的无家可归者们还是有点儿不自觉地紧张。

大阪海游城外的天保摩天轮号称是世界最大的摩天轮,之前在天津也想要坐摩天轮,可是需要等两三个小时才可以,而这个世界最大的摩天轮也仅仅要排队二三十分钟而已,我已经很满足了。有一点点恐高,但俯瞰整个城市夜景,旁边又是海,就抱着既害怕又欣喜的复杂心情,跟着摩天轮转了一圈。

京都

最喜欢京都,刚好去京都的两天里天气都很好,配合京都的建筑,感觉眼睛像被洗过一样。热门的打卡地,如果没有那么多人的话,是极美极好的,可是人一多就让人丧失兴趣了。像清水寺、八坂神社这些建筑真是极美,我们在没人的时候去过,瞬间丧失了语言能力,只惊呼"太美""太好看"了。京都的建筑看起来每个都不一样,但放在一起又具有极强的和谐感。我们意外碰到了视觉系乐队鼻祖KISS乐队做宣传,亲眼看到还是非常震撼的。

夜晚的鸭川非常治愈,我们沿着河边走,路上都是年轻人,或坐或躺在河边,有一堆年轻人弹着吉他唱着歌。这样的生活状态简直就是我理想中的生活。

我们在一家二手书店买到两本杂志,一共五百日元,人民币三十多块，但书的质感看起来仍然是全新的。其中一本是元彬的电影写真，满足我的。另一本是一个眼睛圆圆的日本女演员，当时不知道是谁，回来后发现她是药师丸博子，她的前夫玉置浩二是我们都很喜欢的一个日本歌手，惊叹真是缘分啊。

从京都赶回名古屋中部机场，我们选择在网上早早买好大巴票，但是因为不熟悉地形，绕了很多冤枉路。在距离开车一分钟时终于找到了，没命狂奔，奔到车前，车子就要开走了，我也顾不上什么面子了，疯狂摇手，司机人贼好，检查了我们的预约信息就叫我们赶紧上车了。这次经历可是得写入我们的人生史册了吧。你还记得你上次为什么事儿狂奔过吗？

大巴开上高速路，跟国内的长途车没什么分别。我们意外看到了极美的海上日落，海面波光粼粼，像极了小学课本里描写的景象。走在长岛上的时候，两面都是海，一望无际，海上零星有帆船出现，夕阳洒在海面上，背后的天空还是水洗过的蓝色。我说："如果我住在这里，心里有不开心的事情，只要开车来看看这样的海，就会被不自觉治愈了。"

车上的人很少，加司机一共六个人，可是发车从不耽误，司机仍然恪尽职守，该播报的地方就播报，我很佩服这样的职业精神。

五天的时间里，因为手机不方便换别的卡，所以我基本是在无手机状态下走完了全程。然后发现，其实生活也不完全需要手机，手机对我来说，变成了相机，变成了不会轻易想起来的物件。地铁里很多人都抱着书来读，所以比较安静。当然有偷偷瞄到旁边日本人的手机，那个网速简直让人想摔手机，所以他们看书也情有可原啦。

回来后，恍惚之间，我还会思考我们生活的意义是什么呢？

是匆忙赶车，为前途奔波？是偶尔停步，为未知迷茫？是享受生活，为体验更多？还是……

其实都是。

可是要问生活的意义之于我，是趴在栏杆上看夕阳，是路过鸭川听人唱歌，是狂奔去赶大巴，是这些瞬间汇成的那几天。

前方啊
没有方向

从昆明去大理的路上，两个多小时的路程，我们看完了上周末的《乐队的夏天2》。其实现在叫我回忆每个乐队都演出了什么，印象已经没有那么深刻了，我唯独被戳中的是Mandarin在选曲时选了伍佰的《白鸽》，与主唱被戳中的点一样，我听到第一句"前方啊没有方向"的时候也瞬间被击中。就是这样一句简单的歌词，回响在我正前进去大理的路上。我知道我的前进方向是大理，但我知道这不是我所谓的"前方"。

我们总说前方，但我知道大多数人都不确定自己的前方在哪里。就像我们这次一起裸辞后，要去不同的城市，可它们是我们真正的前方吗？我现在还不知道。

可以将前方转化成目的地吧，就像旅行的时候需要一个终点站，像奋斗的时候需要一个奋斗的目标，像人生过完了总要有个不错的总结。可是明明我们出发的时候就没有想这么多，走到中间了，突然回头张望，却发现：咦？我是偏离了吗？我要赶紧纠正方向。是这样的吗？一开始明明大家都没有往深处想，没有往深处去，怎么走着走着就像走歪了一样？

就像我之前说的，我知道暂时没有方向就像我空拳打在空气里，我很想要使劲儿，但是不知道劲儿应该使在哪里。于是我停下来观照一下自己内心的想法。可是忽然又发现，当你沉浸在美好的风景当中，心是被这些美好占据的，根本不想再去想其他杂事。

在昆明的花鸟市场，我碰到一个短头发的小女孩，脸圆圆的，眼睛大大的，她应该是那家店老板的女儿，没有人照顾她，她就自己从店里拿了好多石子儿装进口袋，再欢乐地跑出来，跑到一张椅子面前，从口袋里拿出这些五彩斑斓的石子儿，开始在那里数数，一、二、三、四、五，一直数到十几个，可是其实她的石子儿明明只有五六个，但是我看着她心无旁骛的样子，我觉得她好快乐。她这个年纪一定不知道什么叫方向，更不会想前进有没有方向的事情。我看了她很久，想到我的小时候，也是自己跟自己玩儿，不亦乐乎。

我当时一定也没有什么方向。不对，或者说我当时知道得太少了，并不知道到底有多少条路可以走。现在则是我们知道得太多，面对的诱惑和选择太多，总担心自己捡了西瓜，之后又会出现榴梿，到时候什么都拿不了，最后什么都拿不到，一直摇摆，一直徘徊。

晚上洗澡的时候，我想到这个事情，突然想起何炅在一个节目里的演讲，他讲到了他的一个朋友，特别喜欢迈克尔·杰克逊，他人生当中最大的梦想是看一场迈克尔·杰克逊的演唱会。

可是迈克尔很少来亚洲，有一年他去了韩国，于是何炅的朋友想方设法弄到了一张迈克尔演唱会的门票。

演唱会很棒，听完演唱会的他很兴奋。可是在回酒店的车上，他却突然放声大哭。

他的梦想实现了，他不知道接下来该往哪里去，不知道人生当中下一个会兴奋、会有奔头的事情在哪里。于是，他的人生方向迷失了，被巨大的空虚感裹挟着。

最后何炅说:"其实,梦想存在的意义,并不仅仅是拿来实现的,更是因为它就在远方,一直提醒我们可以去努力、可以去变成更好的人。"

其实前进的方向也是如此,方向好像总是在很远的地方或者不知道在什么地方,所以我们才要去找到它。

同样在这期《乐队的夏天2》里,白皮书的鼓手说了一句话也击中了我,好奇怪,我怎么这么容易被击中呢?她讲出来的时候是他们第二次和椅子乐团battle(比拼)失败,他们拿了从未排练过的新歌《清河》来演出,效果非常棒,各种乐器运用得虽然还有瑕疵,但已经很棒了,可最后结果还是他们败了。

忘记节目组说了什么,只记得当时虫子红着眼说:"我的老师以前和我说过,当你一直去做一件事情的时候,不要去想最后的结果是什么,你就一直做一直做,命运会在某个地方馈赠你礼物的。"她是这样的人,为了编这首歌里的鼓,几乎一夜未眠。

相比之下,我则恰恰缺少这样的耐力,总是想要抬头看看我走到百分之几了?我的方向还在不在呢?我的路走歪了吗?我是不是走错了?可是我更该做的是比之前更多地低下头来,享受当下,只看眼前的事情,只关注眼前最重要、最吸引我的人、事、物。

我们每个人生来就有一个固定的方向,生来就有一条固定的路,就是勤勤恳恳地学习,找一份好工作,结婚,生个可爱的孩子,抚养他长大,再慢慢变老直到死亡。可是这样多无聊,多么没有惊喜。就像旅行中,导游告诉你前方是哪里,你们可以去哪里买东西,在哪里拍照。这样真的不无聊吗?

我想至少我们是为了自己增长见识去学习,所以很多人从大学走出来才真的知道什么是学习；为了自己的理想去工作，而不是为了上班打卡浪费自己的时间，为别人打工，上班不等于工作，同样工作也不一定非要去上班；为了和一个人长相厮守，走到需要结婚的时候才去结婚，而不是为了所谓"年纪不小了，你们也谈了很久了"；为了喜欢孩子、想要自己生一个才去生孩子，而不是被婆婆催，看到周围朋友都有了就要生……如果多去看看自己内心的需要，是不是才知道怎样的方向才是自己的方向呢？

当你迷茫、不知道方向、找不到未来的时候，我能想到的是或许我们可以停一下，观照一下自己的内心，观照一下自己的想要和不想要，再去看看是不是会好一些。

在去大理的路上，被蓝天白云击中，分享了一段小视频，并且配了伍佰的《白鸽》，发在微博上。我说"前方啊没有方向"，一个粉丝告诉我：

> "那咱们往哪走啊？""往前走。""哪是前啊？""我对您透露一个大秘密，这是人类最古老的玩笑。往哪走，都是往前走。"
>
> ——米兰·昆德拉《雅克和他的主人》

我很感谢她给了我一些启发，无论我现在往左往右还是往北往南，只要我在走，只要我没有停滞不前，我都是在往前。看到这里的你也是一样。

同样，再分享几句给了我一点力量的歌词。一个是康姆士乐队，他们告诉我："别哭，前面一定有路。"另一个是伍佰，他说："至少我还拥有自由。"

选择一个地方，
就是选择
一场人生

"你辞职后准备去干吗？"

"我也不知道，就先去玩儿一会儿。"

如此，到目前为止我玩儿了接近一个月，去过大大小小六个地方，从闲适的昆明到仙境般的大理，从"巴适"的成都到极其魔幻的重庆，从精致优雅的上海再到秀丽风光的杭州，有些地方已经去过很多次，有些地方是第一次去，我的目的都是想要去找下一个想要停留的地方。

到一个地方，都会去寻找一个可能爱上它的理由，问问自己是不是可以安心地留在这里。这成为我这趟旅程中的重要命题。

我特别想要在旅程中好好考虑清楚这些问题，但常常会被身体的劳累消耗掉这些可以思考的精力，最后有点儿惭愧的是，什么都没有思考清楚，这点好生气！

但我的脑袋里还是抑制不住地冒出一些想法的泡泡，不把它们写下来就要爆炸的那种。

第一个到的城市是昆明，这已经是我的第三次造访。我对昆明没有特别深刻的印象，但天气是真的很好。

第一晚就移居到当地的一个相识的姐姐家，她盛情款待，我们吃得饱饱的就去翠湖遛弯儿。没想到夜晚的翠湖路上还有很多人在跑步，也是，夜晚来临，家中无事，气候又舒服，何不健身愉悦身心呢？

同行的除了相识的姐姐，还有她的先生和闺密，他们都是前几年从北京"逃"到昆明的。我们一群人在翠湖边坐着聊了很久，聊他们的生活状态，聊他们的现状和未来规划。我竭力想要在他们的交谈中找到可能爱上昆明并且愿意驻扎在这里的理由，可是发现很困难。不是因为昆明这个城市怎么样，而是我自己的喜好。

昆明有很多好吃的东西，遍地是饵丝和米线，遍地是豆腐和土豆，都是我爱吃的，但让我天天这么来，我是不愿意的。这个城市安逸，节奏较慢，人们看起来都能踏踏实实地去劳作，但目前我似乎仍希望生活在有点儿速度但别那么快的地方。

我们在昆明的后几天，切实地被它的好天气治愈，也在其他朋友的嘴里切实地得到另一个答案：我们选择生活的城市，是不是先要想好了我们想要做的事情，以及这座城市能否满足呢？我似乎又明白了一点儿，于是心里暗暗给昆明画了一个"待定"。

我现在还想在人海稍稍浮沉，还没有境界可以像陶渊明那样去归园田居。我哪儿够得着这个境界呢？

第二站我们去了附近澄江县的抚仙湖，就是李健歌里唱到的抚仙湖。

这是一个县级市，靠近抚仙湖的小村庄没有那么多人，很安静。抚仙湖就更不用说了，白天的时候像个淑女，静静地待着就很美，阳光射下来，湖面泛起了光。我们租了一辆车，环绕着湖走了小半圈，每次靠近湖水、遇到它新的一面的时候，都会被美景打动。

晚上的抚仙湖则像个有点儿心事的小姑娘,有小小的浪,温柔地冲着海岸。月光洒在湖面,真的是波光粼粼。周围很黑暗,可以看到无数的星星,真想在湖边睡一晚。我们坐着,周围很安静,可以听到一声声的蝈蝈叫声。

我们的民宿房东是个设计师,她坚决不去大城市工作,只想待在山明水秀的地方悠闲生活,做做线上的设计工作维持生活即可。她是个把自己想要的生活想明白并且正在践行的人,我很羡慕这样的人,但是我也不确定能不能安下心来守着一片湖,过着安静自足的生活。

至于她,我们可以再另起一章好好聊聊。

第三站就是风花雪月的大理了,我从没来过大理,但在不少人的朋友圈里已经看过多次。一直有一种担心,它会不会已经被各种人捧为网红城市,大家都来打卡而不是真正地感受这座城市呢?

我们这次住在大理古城旁边,一进入大理古城就是各种类似的商店,略显无趣,而路过的酒吧里传来的歌声也是如此,歌手们当然技术在线,但打动不了人就是打动不了人。

但大理的风景绝对没话说,我们三天都租了电动车环行洱海,路上无数次被蓝天白云打动,眼前有美景,胸中自然没有了抑郁心事。虽然三天的电动车都出了问题,但最终还是会因为美景原谅一切。

最惬意的时光就发生在一家咖啡馆门口,我们坐在路边的躺椅上看人来人往,有的人气定神闲,有的人匆忙赶路,人是最丰富的风景。晕晕乎乎之间我像做了一场梦,这样的生活才是我想象中的大理生活,而不是各种网红打卡拍照和没有情感的歌唱。

这样说终归是个人的一些偏见,还请观者以自我感受为准。你说我还要再来大理吗?会再来的,但希望下次相见,彼此变得更好。

第四站选在成都,成都我没有来过,但我曾在大学毕业时就设想过与成都有关的一种可能性:比如我在北京待五年,攒到一定的钱,我就搬去成都过安逸日子。结果在北京待了六年,也没有攒下什么钱,而成都已然成为远方,所以这次来我有带着审视的目光去打量这个城市。

到一个陌生的地方,我当然也会跟着别人的攻略走一走当地才有的地方,也许去的人太多了,那些本来很好的地方也变得无聊、无趣,我暂且不提它们了。

用骑自行车的方式其实是可以更好地去感受一个城市,你可以到比步行能到达的更远的地方,也可以不用隔着汽车玻璃,可以更近一点儿地去体会城市。

所以我们也骑自行车穿行了几天。在去成都博物馆的路上,路的两旁种满了树,似乎是梧桐树,清风送来一阵阵清香,这条路给了我们对成都极大的好感,下过雨,所以空气是有些湿润的,而那种湿润又没有黏在皮肤上的不适感,一切都令人非常舒服。

在成都也有去拜访朋友,问了他逃离北京后的感觉,他说不再那么焦虑不安,不再吃外卖,有了更多生活的时间,他可以去健身,去好好做一顿饭给自己。我想他的逃离应该是很有意义的事情。

离开成都之后就坐绿皮车去重庆,重庆也是第一次去,我们对雾都的认识还是肤浅了,相比于雾都来说,重庆更该被称为"魔都"。

从房屋之间穿行的轻轨，横跨江面的索道，无处不在的楼梯……有时觉得"这总该是平地了吧"，结果往远处一看，我们正在距离地面十层楼的高空中。

火锅是香的，也是不敢多吃的，在这里，导航类APP几乎没有实际意义，最实在的就是问问当地人怎么走。

重庆是个烟火气很足的地方，路上总是充斥着各种声音，嘈杂但有种野生的生命力。

但我亦不会在这个阶段选择重庆，因为它让我迷失在森林里，而我想要走在大街上。

第五个城市是上海，上海本来就是我们离开北京后的第一顺位，我的想法是这样的，它更开放，它靠近海，它当然也很昂贵，但它同时也很丰富，好像走在路上就可以和历史、文化撞个满怀。

同样，在上海的那几天也是这样的感受，路上的姑娘都很自信，打扮精致，基本实现穿衣自由，不太关注他人的目光，展现自己独特的魅力，或者只是为了舒服去穿衣服。我想要成为她们那样，自信而充满活力。

骑车走在各种各样的小路上，走几步路就可以看到一个历史悠久的建筑，看到一个曾经在这里发生的故事。我们几乎骑了一整条愚园路，路边的梧桐那么漂亮，我们感受到被植物庇护的温柔。路边的商店也不揽客，它们就漂漂亮亮地开着，各自凸显着自己的风格。你愿意来就来，所以但凡来的人大多数是一路人，也就省了双方很多麻烦。

上海的便利店很多，偶尔在一些店里竟有些仿佛在东京的恍惚感，觉得确实便利到了人本身，而不是为了卖那几样东西。

我前几天听了《大内密谈》的一期节目，相征和贺榆与我们几乎相同的时间待在大理，所以对他讲的东西很能理解。

他们说有些城市是滋养人的，有些城市是消耗和汲取人能量的，比如京都这样的城市就是在滋养人，而北京、香港、东京这样的城市就是在消耗人。我无比赞同他们的观点，因为我至今仍能感受到仅去过一次的京都带来的深远感受，而同时也能感受到在北京的疲惫。

在大城市里，或者更准确地说，在那些消耗人能量的城市里，大家过得不快乐，大家在这些城市里很焦虑、很焦躁，而这些焦虑又无从说起，每个人似乎都浑身带着刺儿，保护自己，充满攻击性，充满对世界的负面情绪。没有听到身心的声音，担心自己有没有比别人差劲，但是别人重要吗？他们可能就是一个路人、同事，与自己生活没那么大关系的人们。

这样不好，所以才想要"逃"。

我相信人们选择一个地方，就是在选择想要成为什么样的人、想要过上什么样的生活。所以我们应该要去面对自己内心所想，然后去做出判断吧？

那么我应该很快就有了答案，也祝愿其他人能鼓足勇气去面对心中所期待的事情。

祝我们明天都能愉快。

真幸运，
能知道自己
想要什么生活

我不是一个很坚定的人，喜欢的东西很多，无法确定最喜欢什么，要给这些东西排名是有点儿为难的事情，所以一直不太知道自己喜欢什么。

这样的困扰其实渗透在生活的很多个方面，我不知道自己喜欢什么样的生活方式，不知道自己不上班的话喜欢做什么，也就迟迟迈不出目标明确的每一步。

所以我非常羡慕那些知道自己喜欢什么、知道自己要什么的人，我猜测这样的人生是不是会简单很多，知道想要去的地方就设计去那里总共分几步，然后一步步去完成就好。

我也会觉得这样是不是比较无趣，因为每一步该怎么做都明确了，意外和惊喜会不会少了？也不尽然。

但更大程度上还是会觉得能知道自己喜欢什么，是非常非常幸运的一件事儿。

其实一早就该把这个话题写一写的，是因为我们旅行到抚仙湖，租住的民宿房东就是这样一个人。

我们在"爱彼迎"上看到她的房间就很喜欢，没有太多余的装饰，木质家具，日式风格，简简单单的白床单，一切都显得那么合适，于是果断预定。

　　见面聊了没几句，我就被她的整栋房子吸引了，虽然在村子里，房子内部却应有尽有。这是个四层小楼，应该是很早期的那种自建房改的，一楼设置了小吧台，她说晚上回来我们要是不累的话可以一起喝点儿小酒，旁边还摆了许多唱片和书，我想也许我们是喜欢同样东西的人。一楼还有一个小房间，她用来做放映室。二楼其中一个是我们的房间。在公共区域，她设置了攀岩装备和跑步机。三楼因为是她自己住，所以我们没有上去。听说四楼其实是个半阳台，我便开始浮想联翩，如果在阳台上晒被子一定很好。

　　下午我们基本都沿着抚仙湖走，抚仙湖怎么美好我就暂且不提，因为它再美也不是本次主题。

　　晚上玩累了就在外面吃饭，回到民宿时差不多九点钟，我们分别洗好澡就跑下楼，迫不及待想要和房东聊一聊。

　　她让我们叫她九九。

　　九九去年研究生毕业，学工业设计，其实在她返回澄江之前，也是在大城市中奔波劳碌，作为城市白领中的一员。她之前的工作是做攀岩相关的设计，可是做着做着也会被安排很多运营的琐碎工作，大城市的焦虑和奔波应该是没有让九九产生她想要的价值感，所以她就义无反顾地回到澄江。

　　其实她是昆明人，澄江的这栋房子是父母很早之前买的，作用等同于度假别墅。因为她小时候爸妈老会带着她来抚仙湖玩儿，所以就买了这所房子。

　　谈起她想要的生活，她说，她想要的生活就是目前这样的生活，靠线上的设计、线下的民宿赚一些零花钱，供日常生活就好，况且她在澄江一个月也花不了太多。每天起来就悠闲地过一天，自己做东西吃、喝点儿咖啡、晚上喝点儿小酒、看看电影、看看书，就非常满足了。我听得连连称赞，因为我完全无法确定自己想要的生活方式是怎样的。

说是"完全无法"，其实也有点儿夸张。确切地说，是无法坚定不移地选择某一种生活方式。我把自己的这种心态归因为我想要的东西太多。

想要的太多，于是无法做出那个坚定的、唯一的决定，应该算是原因之一吧。但这个原因不得不说还真有点儿无奈，纷纷乱乱的心是自己最大的仇敌，而这颗心却是属于自己的。我能理解像我这样的年轻人在这个世界上，面对的诱惑和选择太多，所以踌躇不前，无法确定自己真正坚定想要选择的生活、工作、喜欢的人、定居的城市，等等。

但——也许，看似选择众多，仔细想想那些选择却并不全部掌握在自己手里。

比如我们认为大城市有更多的发展机会，但那么多发展机会自己真的都可以把握得住吗？别以为很多人是缺少机会，很多人也许连抓住机会都是缺少勇气的；比如我们进到一家快时尚品牌的服装店里，想着这些单价不算高的衣服，自己马上就要悉数拿下，但三五件加起来的价格其实也不算微不足道了。总之，我们想要的，和我们实际可以把握住的事物之间，还是有不少距离的。如果能想一想这些，可能有些看似艰难的选择其实也就降低了不少难度吧。

但我仍然很羡慕九九这样的姑娘，她能剔除掉社会和自己内心的杂音，知道自己喜欢什么，并且坚定地去践行，这个简直太可贵了。

　　她跟我们讲，大学期间只要能有一小段时间出去旅行，她就去世界各地做背包客，寒暑假更是，几乎不回家。父母也极其开明，她愿意四处走走，只要她可以保证自己的安全和温饱，那就随意，拥有这样的父母也是非常幸运的一件事儿。我想，大概这样的经历也让她删除了一些不必要的人生选项吧。在旅行中去体验各种生活，观察别人的生活，再听听自己内心的声音，然后才可以那么坚定吧。我是如此认为的。

　　所以，我们这样的年轻人，即使现在还无法坚定不移地选择一种生活，也不用太担心，因为慢慢地，总会知道哪些事物其实对自己真的没么重要，而哪些事物却重要到不得不去守护它。

　　虽说别着急，但也别放松，要为了这个目标去不断找寻呀。